COPACABANA DREAMS

NATÉRCIA PONTES

Copacabana dreams

Companhia das Letras

Copyright © 2024 by Natércia Pontes

Grafia atualizada segundo o Acordo Ortográfico da Língua Portuguesa de 1990, que entrou em vigor no Brasil em 2009.

Capa
Ale Kalko

Imagem de capa
O encantamento, de Camile Sproesser, 2019. Óleo sobre linho, 70 × 50 cm.

Revisão
Renata Lopes Del Nero
Aminah Haman

Os personagens e as situações desta obra são reais apenas no universo da ficção; não se referem a pessoas e fatos concretos, e não emitem opinião sobre eles.

Dados Internacionais de Catalogação na Publicação (CIP)
(Câmara Brasileira do Livro, SP, Brasil)

Pontes, Natércia
　　Copacabana dreams / Natércia Pontes — 1ª ed. — São Paulo : Companhia das Letras, 2024.

　ISBN 978-85-359-3720-6

　1. Ficção brasileira I. Título.

23-187040　　　　　　　　　　　　　　CDD-B869.3

Índice para catálogo sistemático:
1. Ficção : Literatura brasileira　　B869.3

Cibele Maria Dias – Bibliotecária – CRB-8/9427

Todos os direitos desta edição reservados à
EDITORA SCHWARCZ S.A.
Rua Bandeira Paulista, 702, cj. 32
04532-002 — São Paulo — SP
Telefone: (11) 3707-3500
www.companhiadasletras.com.br
www.blogdacompanhia.com.br
facebook.com/companhiadasletras
instagram.com/companhiadasletras
twitter.com/cialetras

*Para Augusto Pontes, meu pai, cujo amor
me fez aqui em Copacabana*

Beira de mar
Beira de mar
Beira de maré na América do Sul
Um selvagem levanta o braço
Abre a mão e tira um caju
Um momento de grande amor
De grande amor
Copacabana
Copacabana
Louca total e completamente louca
A menina muito contente
Toca a coca-cola na boca
Um momento de puro amor
De puro amor

Caetano Veloso, "Joia"

Sumário

Copacabana *renaissance* (nota a esta edição) —
Natércia Pontes, 13
"Alô? Gostaria de falar com a Natércia
de Copacabana" — Arthur Braganti e Letrux, 17

Ao ponto e sem sal, 27
Ai, meus caquis, 29
Amorosa, 31
Anões de isopor, mascotes infláveis, 33
Avenida Atlântica, 35
Beleléu, 37
Botafogo, quase Tóquio, 39
Cartas na mesa, toalha vermelha, bola de cristal, 41
O caso Veruza, 43
Ceninha, 47
Cine Roxy, 49
Clodovil diz algo doce. Não escuto porque a tevê está no mute, 53

Confetes de cromaqui, 55
Cooper do meu coração, 57
Copacabana *mon* abajur, 59
Dama dos grampos dourados, 61
18h27, 01h04, 21h43, 65
Dr. Ivan e outros bichos, 67
Edifício Saban Flora, 69
ELP Discoteca, 71
Era Vânia, 73
Estátuas, 79
Estrela nua, 81
Falta de amor e ternura, 83
Fátima Moda Feminina, 85
A felatriz, 87
Do fundo da pexereca, 93
GHRRRRAAAAAAAAAAAAAUUU, 95
Insónia, 97
Já dizia Maysa, 99
Janeiro, sol a pino, 101
Júnior *is about to love someone*, 103
La diet vita, 105
Lady Moreira, 107
Latina e sem bunda, 109
Manequins sem cabeça, 111
As mãos do contrabaixista entre as minhas, 113
Maratonista *Riders on the Storm*, 115
Minha alma lá no céu, 117
No sofá, na tevê, 119
Uma noite no Atlântico, 121
O nome da canção é "Michelangelo Antonioni"
ou pode ser "Jesus Cristo" do Roberto Carlos,
aquela que tocou no supermercado e você adorou, 123

Nosso papagaio, meu amor, 125
Nos *terres brûlées*, 127
Oferenda para cigana Dolores, 129
Ovo, 131
Para além de Jacarepaguá, 135
Peras, 137
Perucas Lady, 139
Poodle *attack*, 141
Prado Júnior, entardecer, 143
Querida abóbora, 145
15h42, 11h37, 147
Receita azul, 149
Self-service cor salmão, 151
Setembro, tempos de virgem, 157
Sonho com Sônia Silk, a fera oxigenada, 159
Sweet culos, 161
Tanguinha de oncinha enfiada no bumbum, 163
Tremoços servidos no prato, 165
O triste fim da Senhora Pochete e Tênis Bamba, 167
O verdadeiro amor, 169
Zigue-zague na Via Láctea, 171

Copacabana *renaissance*
(nota a esta edição)

Faz uns meses, eu tinha bebido um tanto além da conta e pedi para o taxista em seu carro amarelo que desviasse a rota e fosse até a Anita Garibaldi, entre a Tonelero e a Barata Ribeiro. Muito emocionada e tropeçante, bati na porta do número 30, o porteiro despertou com o rosto amassado. "Oi, é que eu morei aqui faz dezoito anos e eu queria ver a porta do meu antigo apartamento, o 301." Puto da cara por ter sido incomodado por uma doida às três da manhã, respondeu com um pontiagudo "não". Eu, sem saída, só pude concordar. Apontei o dedo na direção dele, encarando-lhe nos olhos, e disse: "Você está certo!".

Fiquei melancólica e impressionada com a passagem do tempo. Naquela quitinete, escrevi, sem saber que estava escrevendo, o *Copacabana dreams*.

O título foi meu último remendo. Nos três anos em que lá morei eu escrevia. Escrevia ferozmente, começava no fim da tarde e seguia até às onze da manhã do outro dia, sem um cafezinho sequer. Eu lia e relia, e gravava meus contos, e depois os ouvia numa obsessão da qual sinto imensa saudade. A Fauna e a Flora de Copacabana eram minhas musas, principalmente de uma Copacabana mais soturna, úmida, longe do calçadão. Eu me espantava, andando a pé, com tudo, as vitrines, os logotipos, as personagens dentro e fora das vitrines, a multiplicidade de diversas formas de se existir. Eu tinha 24 anos, e a boca de Copacabana estava toda aberta, à mostra, revelando generosamente seu fiapo de verdura enganchado no dente. Eu mergulhava em Copacabana, e à noite só registrava o que tinha vivido — muitas vezes testemunhado por Arthur, Letícia, Julia, Léo, Barbara, Marcela, Dani e os irmãos Pretti.

Tinha também a Paradise Vídeos, que ficava ali do lado. Ela tinha um subsolo só de filme nacional. Muitas caixas gordas de VHS foram transportadas por aquele caminho. Foi lá onde me esbaldei com Rogério Sganzerla, Marco Ferreri, Arnaldo Jabor, Manoel de Oliveira e Antonioni. Foi lá onde descobri Ana C. (que morrera bem perto dali, na Tonelero). Também matava as saudades do meu Ceará ouvindo Rodger e Téti. Meu pai, lá em Fortaleza, era o interlocutor de todos os contos deste livro. Tela na minha frente, Nokia na mão e o ouvido atento do outro lado. Não à toa o dedico a ele, que faleceu sem ver o livro editado.

Eu era feliz e trágica por diversão. Eu e meus amigos vivíamos o auge da era Lula e não nos preocupávamos com a realidade (acho que a juventude de hoje é mais tensa com a realidade, e não sem razão). Só estávamos a fim do delírio. E deliramos com coragem. Arthur segue como músico, Letícia também, Julia é uma excelente pintora e eu escrevo, não mais com aquele furor, mas sempre em busca do delírio. E esta coletânea de contos é cheia disso.

Com o apoio dos meus amigos e do meu pai, resolvi

acreditar que aquilo era um livro. Mandei para a maravilhosa Beatriz Bracher e jamais esquecerei do choro de alegria, com seus comentários cuidadosos e impávidos, ao perceber que eu era uma escritora. Meu corpo inteiro tremia. Tudo mudou para mim.

Aí, mudei pra São Paulo e, com uma surpresa imensa, vi meu livro ser contratado pelo Cassiano Elek Machado e editado pela genial e saudosa Heloisa Jahn, na extinta Cosac Naify.

Dezoito anos depois, é com muita alegria que vejo o *Copacabana dreams* renascer nas mãos da Alice Sant'Anna (e, quem sabe, conseguindo entrar, dentro de uma embalagem na quitinete da Anita, número 30, apto 301). Dezoito anos depois, meu corpo segue tremendo também.

Natércia Pontes
São Paulo, 10 de janeiro de 2024

P.S.: Para Marianna Teixeira Soares, que desde o *Copacabana* acredita em mim, e para o André Conti, meu amor, que não larga nunca a minha mão.

"Alô? Gostaria de falar com a Natércia de Copacabana"

Uma conversa entre dois amigos em 2023, onze anos depois da primeira publicação de Copacabana dreams

Arthur Braganti: Como são as coisas, Letícia… Fomos apresentados pela Natércia e cá estamos: falando sobre um livro que a gente viu nascer e tomar corpo, tudo muito de perto. Misturados a fundo naquele processo de escrita, atentos e salivando pelo que viria. Naquela época, há uns dezoito anos, a Natércia ainda morava no Rio e nós três éramos muito grudados. Que maravilha pensar que fomos apresentados por ela, ainda que em alguma circunstância, para nós, inexata. Mas firmamos mesmo a nossa amizade na gravação de um curta-metragem dos irmãos Pretti, inspirado num conto da Natércia, em que éramos atores — filme este que jamais viu a luz do dia. Iniciamos nossa ligação encarnando personagens inventados por ela e, agora, cá estamos, falando de personagens e cenas também criados por ela…

Letrux: Inesquecível pensar que nossa amizade foi selada enquanto encenávamos personagens que a Natércia inventou. Ela estava no dia da gravação? Sinto que não.

Acho que fomos ao encontro dela depois, extasiados com tudo que tinha ocorrido. Arthur, você é tão engraçado, Natércia também, e eu tenho lá minha *clown* biruta interior. E, então, estávamos ali: corpos ainda sem intimidade, tendo que "fingir" ser um casal separado que sentia saudade — não lembro ao certo. Ambos os personagens de *Az mulerez*, primeiro livro da Natércia. Eu tinha que abrir a porta da casa, mas a câmera estava em cima do seu ombro — sei que isso tem um nome, seria *plongée*? Certamente você vai saber — e toda vez que nossos olhos se cruzavam, minha nossa senhora do besteirol, as gargalhadas irrompiam dos nossos corpos de vinte e poucos e a gente não conseguia continuar. Simplesmente a gente não conseguia. "Corta! Vamos mais uma, gente!" E, de novo, quá--quá-quá, a gente só gargalhava. Nos deram dicas de "não se olhem nos olhos, olhe pra boca dele", mas tudo isso tornava a coisa mais surrealista ainda. Desistiram do filme, e por sorte ganhei um melhor amigo. Acho fascinante que a Natércia tenha nos unido através da literatura dela. E cá estamos: compondo músicas, trilhas e, agora, um texto para figurar no livro dela.

A: Ha ha ha ha ha. Esse dia é memorável. A Natércia não estava na gravação dessa cena, mas acho que estava na de alguma outra — uma em que eu andava pelas ruas, não me lembro. É um luxo ter encarnado um personagem dela. Você já era atriz, mas eu, que não sou ator, percebido como boa opção para fazer o personagem: pobre de mim! Aquelas gargalhadas nossas, eu sinto que aumentaram minha expectativa de vida em alguns anos, tamanho foi o desbunde. Sem dúvida, uns hormônios da longevidade foram disparados ali. Isso reforça a minha percepção de que a escrita da Natércia é um hidrante aberto de jatos de vitalidade, porque permite a emergência de *outras* vidas: as quase impossíveis.

    A gente falou aqui de como eu e você nos conhecemos, mas como você conheceu a Natércia, Letícia? Acho que a primeira vez que eu e ela estivemos juntos foi com uns amigos em comum, numa sessão de *Sem essa, aranha*, do Rogério Sganzerla, no CCBB do Rio. Mal percebi a presença dela e já me maravilhei com aquele jeito tão vivo e hilário. Lembro da roupa e do penteado, e já se vão quase vinte anos. Depois, seguimos pra um bar na Lapa, onde a gente se irmanou na hora, assim que eu entoei, sei lá por quê, "Amiga", do Roberto Carlos, um dueto maravilhoso com a Bethânia. A Natércia também amava e a gente tinha a pretensiosa certeza dos jovenzinhos de que éramos os únicos no mundo a cultuar essa canção e, portanto, éramos ali já irmãos. E vocês duas? Como foi?

    L: Conheci Natércia em Copacabana, na Santa Clara. Eu era penetra numa festa e ela me fez questionar minha heterossexualidade, até então, compulsória. No meio da festinha, com Jorge Ben me contando a mais linda história de amor, Natércia foi para um quarto atualizar seu blog: *Natércia Soluça Lúcida*. Achei curiosíssimo e fui atrás. Em pleno 2003, aquela figura kitsch foi se enfurnar num quartinho que não era o dela, abrir o computador, esperar a discagem da internet e fazer um post no blog — era uma cena do futuro ou uma cena de novela? Só sei que pensei: "Ferrou". Ou eu estava me apaixonando ou ela ia ser minha nova melhor amiga. "Sou de Fortaleza", explicou sobre o sotaque charmoso. "Mas fui feita em Copacabana, acredita?" Tudo que ela falasse, eu iria acreditar, era esse o nível já. Trocamos e-mails para conversar no Messenger. Nunca tinha sido penetra, nunca tinha conhecido uma escritora. Eu estava apaixonada. O mundo se abriu com praias, depois muito coração de galinha na Adega Pérola, festas estranhas com beijos aleatórios, bares onde fomos hosts só pra poder fofocar enquanto ninguém entrava ou saía, reggaes embaçados, *dub* com gringos, mudanças inteiras dentro de um Palio, muita Copacabana, mas muito centro da cidade também. Qual foi aquele evento na Cinelândia, que depois formou um mesão de dar medo da conta, Arthur?

A: Foi um pós-ópera no Amarelinho da Cinelândia. Você, Natércia e outros tinham acabado de sair de *Don Giovanni*, no Municipal, acho. Era uma coisa ultrachique pra gente naquela idade, todos duros. Natércia — e nós um pouco, vocês duas principalmente, mas a Natércia com um jeito bem próprio — tratava de orientar os acontecimentos da vida cotidiana pra que houvesse mais drama, mais pompa, mais riqueza de cenário pros nossos papos trôpegos de pós-adolescente. Na vivência do dia a dia, pra Natércia, a trivialidade era varada pela cintilância dos modelos de roupas chiques de segunda mão, dos drinques ou sobremesas rococós que dessem pra descolar e tentar enfeitar o lugar comum das nossas vidinhas classe média. Na literatura, era a vulgaridade mofada, descascada, démodé, despercebida, que pedia pra ser iluminada na sua materialidade sem verniz. Ela era o que era, mesmo que, de repente, entrasse em tensão com o poodle gigante, com as lufadas de Chanel nº 5, com os cavalos bretões de pelo dourado entrando na Princesa Isabel. A gente ficava horas sentado num dos templos-monumento dessa vulgaridade trivial, esquecível e esmaecida: o self-service 686, na Nossa Senhora, quase com Santa Clara. Foi pra cima de você que o garçom assustador de lá veio cheio de gracinha, Letícia?

Pra cima da Natércia ele já tinha ido, sem ser visivelmente agressivo mas, gentilmente, soltava os tentáculos: sedução barata e desajeitada. Voçês duas odiavam. Acho que você reagiu um dia. O que você fez?

L: Não lembro de ter reagido a esse garçom, mas foi com Natércia que estava quando reagi a dois otários que vieram pra cima da gente na Tijuca, num dia que paramos para um cachorro-crente (o dono era evangélico). Ela adora contar essa história até hoje, ri como se tivesse acontecido ontem, e isso é papo de 2005. A gente já estava perto da casa dos meu pais — eu perto de chegar em casa fico louca — e os playboys vieram com gracinhas, coitados. Tomaram. A Tijuca é amor e ódio purinho. Eu não tinha muito conhecimento de Copa, engraçado. Foi preciso uma amiga cearense para eu conhecer Copacabana. DE VERDADE. *Deep shit.* Lembro que ela escrevia enquanto vivia e eu achava aquilo lindo, até tomei um pouco pra mim. Você também, Arthur? A gente no meio de uma cena caótica, numa festa em Santa Teresa, e se alguém falasse alguma frase com alguma palavra que ela gostasse, lascou-se: pedia pra repetir, e sei que anotava no caderninho mental da mente absurda de uma aquariana com ascendente em peixes. Ar e água. Nunca voei com Natércia — acho engraçado nunca ter voado com algumas pessoas que amo. Mas já mergulhamos um bocado. Eu achava bonito ter amiga nascida dia 2 de fevereiro. Estava escrito nas estrelas. E na areia também. Lembro que, para algum trabalho da faculdade de Rádio e TV, ela fez um vídeo nos primórdios da vida youtúbica, e, numa coleção de imagens toscas, delirantes, esquisitas e intrigantes, surgia sua voz inconfundível: "Eu moro em Copacabana", começava. Esse texto está neste livro, para nosso deleite. Você não acha curioso que hoje em dia a gente more em Copacabana, Arthur? Talvez porque a gente morra de saudade dessa pilantrinha da Natercinha?

A: Acho que eu nunca tinha pensado nesse fato maravilhoso. Na época em que a Natércia morava em Copa, nenhum de nós dois morava por aqui, né? Ainda. Eu acho mesmo que uma das forças de maior intensidade do ímã de Copacabana que nos atraiu pra cá foi, de certa forma, estar perto dos eflúvios que a Natércia deixou, mesmo tanto tempo depois de ter ido embora pra São Paulo. Quantos anos já? Uns dezessete ou dezoito? Aqui a gente respira o éter da presença dela misturado nos perfumes Paco Rabanne e Leite de Rosas. Da maresia, da fumaça e da polifonia dos sons. Esses vapores todos exalam deste livro. Lembro de chegar no conjugado dela na Anita Garibaldi, aquele apartamento em que a divisória da sala pro quarto era uma cortina de voal vermelho, badulaques por todos os lados, a poltrona rosa antiga de estofado meio plastificado. Essa poltrona morou comigo, depois da ida da Natércia, na minha primeira moradia copacabânica, na Mascarenhas de Moraes. Um dos pés palito da poltrona quebrou; e mesmo assim a mantive na sala. As visitas sentavam desavisadas e se assustavam quando quase tombavam. Eu esquecia de avisar. Será que de propósito? Mantinha aquela poltrona pra ser palco de coreografias hilárias: as visitas tentando se equilibrar na poltrona perneta. Era uma cena (cruel!) que a Natércia adoraria e que dava pra poltrona uma função além da utilidade. A poltrona de pé quebrado, um inutensílio — pra citar Manoel de Barros sobre poesia — que virou um minipicadeiro pra cenas vacilantes, de desestabilidade. Eu é que ficava desestabilizado quando entrava no conjugado da Anita Garibaldi e recebia, das mãos da Natércia, o manuscrito de algum novo conto do vindouro *Copacabana dreams*. O êxtase de ler a escrita dela desviando as coisas das devidas funções, desestabilizando uma certeza da comunidade, ou dando possibilidade de existência pra outras formas de se movimentar na cidade, sobre uma poltrona, cavalgando de jegue na Atlântica. Você se lembra, Letícia, de ler rascunhos, ideias, parágrafos desses contos que estão reunidos aqui? Lembra do frisson?

L: Lembro que alguns textos ela dividia, outros a gente só descobria e se maravilhava quando eram publicados. Depois de um crivo fortíssimo, claro. Natércia sempre foi supermeticulosa com os próprios escritos. Para lançar um petardo no ar, ela analisava tudo milimetricamente. Eu ficava encantada e aprendia muito. O conjugado de Copacabana foi um ponto forte mesmo: foi ali que ela me mostrou uma pornochanchada hilária; foi ali que ela me apresentou importantes poetas — gente morta ou gente viva, gente gringa ou gente brasileira. E era ali que ela narrava algumas cenas bizolas vistas pelo bairro: a senhora com o galo na coleira é inesquecível. Amo como ela ama Copacabana. Fascinação pura. Natércia tinha uma coisa de não conseguir dormir bem, lembro muito disso. Ela dizia: "É uma pena, porque os insones são os que mais amam dormir". Acho que, nessa época, o embrião *Copacabana dreams* deve ter começado a tomar forma. Sem dormir, ela sonhava acordada e confabulava as pérolas que viraram este livro, o qual é, pra mim, puro deslumbre. Lembro de não querer que acabasse e, quando acabou, reli de cara, tamanho assombro e frisson me causou.

A: Também fiquei maravilhado quando li todos os contos reunidos. Alguns eu já conhecia e adorava. Foi uma alegria ter uma cena vivida por mim em Copacabana — que eu corri pra contar pra ela, obviamente — incluída num conto, o da Senhora Pochete que toca "Carruagens de fogo" no teclado da loja de instrumentos. Acho que a literatura da Natércia fecunda mundos. Que não eram mundos possíveis: mundos impossíveis, vidas invivíveis — o mais perto disso. E, mesmo assim, elas são reais. A escrita da Natércia dá viabilidade de existência pra muita gente indomesticável e pra muita estripulia no convívio em comunidade. Eu mesmo sinto o movimento de ocupar meu lugar no mundo favorecido pelo que a Natércia produz. Este livro é pra mim, de alguma maneira, um frasco com perfume pra gente borrifar no corpo, a fim de romper todos os contornos da caretice de ser um "sujeito sociável". Uma borrifada desse perfume transforma a gente em poodle, em bailarina, em pêssego em calda, em muda de comigo-ninguém-pode na Figueiredo de Magalhães, na espingarda caída da estátua de Siqueira Campos na avenida Atlântica. *Copacabana dreams* é um brinde embrulhado em celofane neon, um agrado dourado àqueles que já viraram vapor e podem passear por tudo que é lado.

L: Caríssima pessoa que está prestes a embarcar no mundo naterciano, ela vai lhe dar a mão pra atravessar a Nossa Senhora de Copacabana, e ali pela Hilário de Gouvêia talvez ela solte, porque vai ser abduzida por alguma estripulia que a rua oferece: um homem de sunga entrando numa loja de câmbio enquanto fala ao celular: "Isso vai da pessoa, Marco Aurélio; isso vai da pessoa, porra!". Talvez. Proponho que você aceite que ela solte sua mão, mas fique orbitando perto, pois a sensação duvidosa entre sonho e realidade vai se alastrar. E não vai dar medo. Pelo contrário, vai ser bom. Barry Manilow vai entrar nos seus ouvidos cantando: "At the Copa, Copa! Copacabana, Copacabana!". E todos os *dreams* vão ser risíveis, sofridos, curiosos, intrigantes. Copacabana vai te enganar — esconder o superamendoim com espinafres biotônicos — mas Natércia, que é a rainhazinha do mar, vai te trazer de volta. Bons *dreams*. Kisses & beijos & bijus.

Arthur Braganti é músico, compositor, autor e atualmente mora em Copacabana
Letrux é atriz, cantora, compositora e atualmente mora em Copacabana

Ao ponto e sem sal

Dispus o alho e a cebola sobre a mesa. Sentada de pernas abertas, calcinha à mostra, a faca na mão, o fio afiado, descasquei primeiro a cebola para depois descascar as três cabeças de alho.

Da cebola saía uma fumaça de cheiro tão agudo e ácido que se fazia necessário fechar os olhos de quando em quando, cerrando as pálpebras com força, como se alguém espremesse um limão e dele saísse um sumo ou uma lágrima falsa.

Despeladas a cebola e as cabeças de alho, iniciei o corte dividindo-as em quatro partes, depois parti as quatro em duas, oito partes, e as oito em dezesseis, trinta e duas, sessenta e quatro, e assim progressivamente.

Achei a frigideira no móvel acima da pia, risquei o fósforo, o fogo azul iluminou a cozinha escura àquela hora, a luz indefinida e específica do fim da tarde ou começo do dia. Derramei o óleo ou foi o azeite ou foi a manteiga. Esperei esquentar até as bolhinhas surgirem em barulhos estalados.

Derramei a cebola e o alho, cortados e misturados, à gordura fervente.

Quando o alho e a cebola douraram, lembrei que não havia nada no freezer nem na despensa para refogar. Nem frango, nem carne, nem peixe, nem linguiça, nem abobrinha. Praguejei contra minha conduta de péssima dona de casa. Simplesmente não servia para aquela função, e uma hora ou outra, sempre, acabaria cometendo um deslize.

O jeito foi enfiar a mão goela abaixo. Cavei com os dedos, as unhas compridas, até encontrar um amontoado de músculo pulsando devagar. A carne estava inervada, mas serviria. Àquela hora da noite ou do dia a fome se tornava tamanha que eu comeria qualquer coisa, não havendo restrições para minha refeição.

Agarrei forte com unhas e dedos e, do jeito que estava, sangrando escuro e contraindo-se em espasmos arrítmicos, joguei-o sobre o óleo fervente a fim de fritá-lo ao ponto e sem sal. Delícia. Salivava, ansiosa por experimentar.

Já havia comido ratos, ursinhos de pelúcia, pés de velhinhas e orelhas peludas de homens tristes. No entanto aquela seria a primeira e última vez que comeria meu próprio coração.

Ai, meus caquis

Nada como uma saladinha aristocrática no azeite.
Para compor uma Elizeth Cardoso fina & jazzy.
Tudo perfumado com as margaridas das dezesseis horas.
Por trás disso: minhas ressacas e mentiras levam as garfadas de bolonhesas milenares.
No cooper do meu coração, tudo vai bem:
"Quero o chope na pressão."
Nos ônibus, nas praças e no céu do Brasil. O outono abre meu guarda-roupa e diz:
"Veste o suéter mofado de motivos ciprestes pra mim?"

Amorosa

Ele tem vontade de atravessar a Galeria Menescal de carro.

Anões de isopor, mascotes infláveis

Os anões distribuídos ao redor da mesa de aniversário sorriem, empunham marretas, tocam sanfonas e oferecem a mão amiga para as crianças — a lasca no isopor do dedo indicador. O único de expressão severa é o Zangado, que, mesmo carrancudo, só está ali para enfeitar a festa do aniversariante: um menininho magro.

As mascotes infláveis estão enfileiradas no varal, entre uma via e outra de sentidos opostos, na rua mesmo. Ficam perto do sinal, para que as crianças sentadas no banco de trás vejam, através do vidro, o colorido de suas peles de plástico em contraste com o azul clarinho do céu daqui.

Compõem a mistura perfeita entre ar, desenho animado e petróleo. São bem frágeis, estão suscetíveis a desaparecer, caso alguém encoste uma ponta de cigarro ou as aperte com força num abraço.

Avenida Atlântica

Para Patrick Bachi

Eu estava passeando ali, num cavalo. Nada a ver com Kátia Flávia, na verdade era um jegue, porque o trotar era meio capenga. Seguia altiva e tinha uma vista privilegiada das cabeças dos passantes. Era jegue, pangaré ou camelo sofrido. Eu acho. Ninguém levantava a cabeça para me olhar e eu nem obedecia aos sinais de trânsito. Parei num quiosque onde rolava um Fagner bem rasgado, pedi um coco gelado, olhei para a lua, para o coco, para as cabeças, paguei o cara e dei uma porrada na bunda do bicho. Continuamos. Não pensava em nada, tava difícil dirigir com o coco na mão, o jegue, a alpaca, a zebra. Bebi de uma canudada só a água gelada, uma dor de cabeça glacial e súbita me abateu no juízo, parei o bicho freando com a mão esquerda. Recuperei a vista e lancei a fruta no cestão do lixo, acertei. Mais uma porrada no bicho, elefante infantil, girafa anã, bicicleta mecânica, pensei: Porra, eu sou foda.

Beleléu

A Senhora Pochete e Tênis Bamba vinha toda serelepe, cruzou a Tonelero e bum!, foi comida pelo bueiro. (Um só Tênis Bamba caiu ao rés da calçada para logo em seguida ser abocanhado por um poodle de nome Norões.)

Botafogo, quase Tóquio

Uma mulher vestida de amarelo passa por baixo do viaduto e nele milhares de ônibus se equilibram em filas indianas, saúvas carregando no lombo pedaços pesados de plantas. A mulher vestida de amarelo vem a contrapelo, vem em direção oposta à do avião que risca o céu.

Cartas na mesa, toalha vermelha, bola de cristal

CARTA 1

Veja bem, não é questão de entender ou decifrar, é questão de ver a mesma miragem, como dizia a J. outro dia. Na ocasião, troquei gato por lebre e acabei comprando uma garrafinha de água no lugar do limpa-metais. O sujeito vendia com convicção, sem tremer, esfregando nos objetos escurecidos a flanela embebida na poção mágica. "Veja bem, madame, veja bem! Observe esta moeda antiga! Está vendo, madame, está vendo?"

Lustrava a peça com a poção e plim!, a mágica estava feita: a moeda cintilava sob nossos olhos infantis. E de que adianta dizer que a poção era água, água pura ou simplesmente água? Cheguei em casa, lustrei uma pulseira velha, a torneira da pia, o fecho do cinto, o trinco da porta. Todos continuaram tão escuros quanto antes. Agora me diga, de que adianta entender ou decifrar, se me é tão claro não haver diferença entre a poção e a água. Vê?

CARTA 2

Eu preparava um sanduíche de frango delicioso. Prensava o pão na frigideira com a ajuda de uma espátula. Derretia o queijo muçarela. Lavava as alfaces. Picava a cenoura em finas fatias. Por fim, fritava o pedaço de frango imbuída de atenção e carinho. *Shhhhhhhhhh*, o óleo crispava baixinho. Você esperava sentado e faminto. Eu servia o sanduíche com um sorriso. Depois da primeira mordida, *delicious!*, você me lançava beijinhos engordurados pelo ar.

CARTA 3

Benzinho, pra que enfiar os dedos na boca se você bem sabe já estar molhadinho?

O caso Veruza

Na beira do precipício, Marly e Aguinaldo jantam à luz de velas. Marly tenta salvar o casamento. Aguinaldo mantém há mais de ano uma amante chamada K. Marly sabe. Aguinaldo sabe que Marly sabe. K. quer grana. K. não está nem aí. K. ama Walmir. Para o jantar, Marly preparou frango com molho de chocolate. Um prato tradicional mexicano. Pobre Marly. Objetivo do frango melecado: fazer Aguinaldo lembrar das férias maravilhosas em Cancun. Sexo bronzeado. Dorso do Aguinaldo salgado. Marly tremulando as coxas, êxtase absoluto, óleo de amêndoas, urucum. "Deus vai me ouvir, vou tirar o pó das lembranças de Aguinaldo!" Ah, mas não vai não, Marly... Aguinaldo comeu, arrotou e foi para o quarto alegando empacho, gases e cansaço.

Santos católicos. Tardes inteiras na depilação. "Ai, ui." Um rosário desfiado. "Bota vermelho Paixão, pé e mão!" Nas ralas madeixas tons loiros, acobreados. Salto alto, perfume almiscarado. Velas acesas, palmas unidas, muita súplica e oração. Pai nosso que estás no céu. Pai nosso que estás no céu. Pai nosso que estás no céu. Pai nosso que estás no céu. Pai noss... essazinha K. me paga, ah!, mas paga... Pai nosso que estás no céu... Marly gastou uma fortuna investindo em si. "Marly, não pensa nela, pensa em ti!"

Veruza é a melhor amiga de Marly. Braço direito, uma fada — exceto pela verruga no canto do nariz que, em vão, tenta disfarçar com insistentes camadas de pancake. Veruza é a favor do divórcio: "Sai dessa, Marly!". Veruza metralha roufenha: "Abre o olho, criatura, teu casamento já era. Foi pro saco. Agora é acreditar em Deus, sacudir a poeira e dar a volta por cima!". Veruza sempre pronta a dizer o que pensa. Grande coração. Veruza casou nunca. "Pra quê? Sofrer que nem essa daí?" Veruza toma ar: "Tô feliz com Jesus e comigo mesma, criatura!".

O molho escuro do frango borbulha e lá fora os termômetros marcam quase quarenta graus.

As gotas de suor pululam nas maçãs maquiadas da Marly.

Do outro lado da mesa, a mastigação robótica, o olhar distante, promotor, calvo e fora de forma, seu marido, Aguinaldo Cavalcante. Veruza tem razão. Sim, razão, razão, Veruza tem razão, aquilo não era um jantar. Era um enterro, o fim.

"Fica com ela, Aguinaldo. Vê se me esquece, parte para outra, chispa daqui!"

"Tá louca, Marly?"

Marly limpa o armário e entope a mala com meias, gravatas e colarinhos manchados de batom.

"Xô, xô, Aguinaldo! Já disse e repito, fora daqui!"

Decretou uma nova era para si.

"Alô, Veruza, criatura, ninguém segura esse tambor

que bate aqui no peito! Sou uma mulher livre, Veruza, livre!"

Os perdigotos voam longe. As gotas de suor saltam nas maçãs maquiadas de Marly.

Aguinaldo come, arrota e vai para o quarto alegando empacho, gases e cansaço. No quarto, o armário — entupido de meias, gravatas e colarinhos manchados — vela o sono do promotor. Ronca. K. de cinta-liga trotando, pocotó, pocotó, pocotó.

Quá, quá, quá. Encheram mais um copo de Malibu. Marly e Veruza. Veruza e Marly. Tim-tim!

"É docinho, né, Veruza?"

"Docinho como você, Marly."

Beijaram-se melecado. O hálito adocicado, suor grosso, almiscarado, dois tons de batons borrados. "Ai, ui!" Os dedos tremulavam, unhas compridas, vermelho Paixão. Os bicos tesos roçavam, "Chupa aqui, Marly, chupa aqui...". Amaram-se a noite inteira. Aguinaldo roncava, pocotó, pocotó, pocotó.

"Vamos matá-lo. Vamos envenenar o frango. Vamos, Marly!"

Marly sorria e repetia:

"Chupa aqui, chupa aqui."

Duas ou três colheres de estricnina em pó. "Ah, Deus vai me ouvir, vou tirar o pó das lembranças de Aguinaldo!" Malditas férias em Cancun. Velas acesas, as palmas unidas... trim-trim!

"Alô, criatura, já envenenou o frango? Não desiste, Marly, não pensa nele, pensa em mim!"

"Ninguém segura esse tambor que bate aqui no peito, Veruza. Confia em Deus, meu amor, confia em mim."

Aguinaldo comeu, arrotou e foi para o quarto alegando

empacho, gases e cansaço. Deitou e dormiu. Pocotó, pocotó, poc... K., de cinta-liga, trotando e gritando Walmir, Walmir! K. caiu do cavalo. Pobre Aguinaldo. Nunca mais roncou. Morreu, calvo, fora de forma e, para todo o sempre, legalmente casado com a Marly.

Ceninha

Chuva de ar-condicionado na Copacabana. Uma peça de vidro é carregada por dois contrarregras nas interseções. As gotas caem gordas e geladas. Faunesca, Sônia Silk é súbito enquadrada pelo espelho, ajeita o cabelo e joga beijinho para si mesma. Sua imagem some. Segue galopante rumo ao arrebol de Ipanema.

Cine Roxy

Quando você, encantado com os meus olhos castanhos e encovados, quando você passou a mão no meu rosto e disse baixinho, tu é uma flor, quando você, de olho nos meus dentes de sabre, falhou a voz ao tentar dizer alguma frase de amor, quando você, meu amor, meu amor, no táxi, no banco de couro escuro, lá longe o mar e as palmeiras da avenida Vieira Souto iluminadas pelos postes amarelos, meu amor, quando você me agarrou as coxas e me beijou a boca, revolto e agitado, na rádio FM tocava música romântica, de olhos fechados, eu soube que vivia uma história de amor.

As ondas farfalhavam brancas e o vento levantava meus cabelos enquanto o taxista procurava por entre as ruas transversais o tal restaurante tailandês. Você completava vinte e oito anos e eu me enfeitiçava com os seus mecanismos de sedução à moda antiga: ganhei doze rosas virtuais e uma vermelha e macia.

Comemos lula perfumada e fingimos conversar alguma

coisa. Você pediu para sentar perto, mais perto, perto, perto. Eu deixei e vi olhos de cristais brilhantes, um cabelinho saindo do nariz e mãos corpulentas. Durante o jantar, alternava a lula com os beijinhos na bochecha, perto da orelha, na maçã do rosto e na ponta do nariz. Uma delícia, à meia-luz. Pedimos a conta, zarpamos para minha casa e lá, depois de saltar do táxi sozinha, eu dizia adeus e sorria.

A culpa é do chapéu, meu amor. Ou, quem sabe, dos seus olhos de cristais e dos meus dentes de sabre... Mas o fato é que, quando atravessamos de mãos dadas a avenida Nossa Senhora de Copacabana vazia, vazia, tarde da noite, depois de uma sessão água com açúcar no cine Roxy, olhei para a lua cinza, escondida sob o véu de uma nuvem à toa, olhei para o céu e depois para o asfalto escuro que cintilava em pedrinhas mínimas sob as luzes neon das marquises dos bingos, das casas de show e do próprio letreiro vermelho Cine Roxy de Copacabana, olhei para tudo isso, meu amor, e, muito tímida, olhei para você e disse com meus olhos:

"Sim."

Mordia fininho o bico dos peitos, você revirava os globos dos olhos, iluminando a casa inteira, e dizia baixinho, meu amor, meu amor. Passeava nua sobre o seu tronco asmático, a mão, a perna, o rosto; todos nus. Enroscava sobre o colchão — como uma flor de maracujá? — enquanto você avançava a qualquer custo as mãos corpulentas e os beijos molhados por entre as transversais do meu corpo, peixe elétrico no fundo abissal do mar.

Usei os cílios como instrumentos de amor. Sorria, olhava para o céu, para a lâmpada amarela, para a rosa no vaso, para os desenhos das sombras, para as palmeiras que farfalhavam verdes lá fora, meu amor, eu sorria com os olhos e com o corpo inteiro; estrela dourada de cinco pontas, cauda de cometa e poeira lunar.

Um bando de chapéus rasgava o espaço e eu fazia carinho em você, você, você. Dormimos abraçados, alados, até um canário cantar. Quando, às oito, às nove, às dez, você acordou sobressaltado, me beijando a boca e, alegando estar atrasado, zuniu para o chuveiro, o dorso nu, asmático, sob a luz do mundo que invadia a casa, sacudia a cabeça debaixo da água gelada e energicamente esfregava o sabão madrepérola pelo corpo inteiro, do pescoço até os pés.

Da sacada da janela, com um lenço de seda, disse adeus, boa viagem, meu amor, é o fim, o fim, o fim! Você ergueu o braço, ajeitou o chapéu, mandou beijinho e zarpou montando num cavalo branco Copacabana afora, sabe-se lá para onde, lá longe, quem sabe — em incursão para o Pantanal? —, quem sabe, lá longe, adeus, adeus, adeus.

Esperei você sumir da vista, esperei, esperei, esperei. Um vento forte bateu, um leão rosnou. E aí, quando os créditos subiram e invadiram a paisagem em letras garrafais, eu soube, de olhos abertos e castanhos, eu soube, meu amor, que tudo acaba neste mundo, tudo, tudo, tudo, e mesmo assim, sob todas as luzes, sob todas as águas turvas e palavras à toa, eu vivia uma história de amor.

Clodovil diz algo doce.
Não escuto porque a tevê
está no mute

Confetes de cromaqui

Atrás da tela de vidro a passista rebola por todo o quadro. Laureada por serpentinas eletrônicas e confetes de cromaqui, a passista levanta os braços e sorri. O corpo brilhante vibra ritmado e na cabeça carrega uma coroa de plumas brancas que, ao passo do samba, espalha pontos brilhantes pelo ar. Há em seus olhos escuros uma espécie de sedução exagerada, guiada pelo vaivém das sobrancelhas desenhadas, muito finas, oblíquas, arqueadas. Os laços prateados da sandália amarram as pernas fazendo com que suas carnes fiquem comprimidas em pequenas divisórias, como gomos de uma fruta.

O enredo do samba que a passista dança, por vezes de ponta-cabeça, pede para a multidão ser feliz e canta algo como "sai para lá solidão". A letra é bem simples e lá fora está escuro, exceto pela luz fluorescente do banheiro. Cadenciado, o barulho da pia velha que goteja incessante acompanha as batidas da bateria. Uma névoa azul pulsa por todo lado. Uma profusão de barulhos e luzes no meio do silêncio do apartamento escuro: ele dorme no sofá abandonado e a passista samba para ninguém.

Cooper do meu coração

Estava na orla marítima e o céu exuberante da hora brilhava estampado por hexaedros de luz. Anoitecia. A calçada confundia as curvas negras, eu não havia comido e corria. Marcava pontos: depois da faixa de pedestre eu paro, depois da faixa de pedestre eu paro, depois da faixa de pedestre eu paro... Sentia as convulsõezinhas do corpo, uma nuvem rosa desaparecia; não deixava de olhar para o mar, para o céu, o além. Dezenove horas, a areia suja, meu corpo frio. Parei. O Meridien Hotel acendia suas luzes. Recuperava o fôlego e, sobre os meus tênis, trotando como um potro alimentado, sumia para sempre dali.

Copacabana *mon* abajur

Eu moro em Copacabana.
Para mí, Copabana es el país da cabeleira acaju.
Safári senil, casais epilépticos, gringos sarnentos e bebês gigantes.
Para o almoço, sai um sushi na picanha aí, ô meu querido?!
Vamos dar voltinhas em Copacabana streets.
Os poodles de scarpin avançam o sinal.
A travesti com três peitos pisa no meu pé.
O mendigo assa um pombo na esquina.
Olha lá, o sebo fica na frente da sinagoga messiânica da mãe Jussara.
O grupo de holandeses tarados acaba de olhar para a minha bunda.
"*Kyrthegd uyetfsdra*, Copacabana *mkertuilowjs!*"
Ai, Copacabana *mon* abajur.
Terra de Cauby, Terra de Cigarro Charm, Terra de Todo Mundo.

Quantos vestidos de elastano já cruzaram tuas esquinas?

Quantas imigrantes nordestinas já te cantaram como eu?

Dama dos grampos dourados

O amor é sempre coisa preciosa, venha de onde vier. Um coração que pulsa quando aparecemos, uns olhos que choram quando nos despedimos, são coisas tão raras, tão doces, tão valiosas, que jamais devemos desprezá-las.

Miss Harriet, *Guy de Maupassant*

Na varanda do teatro, entre o intervalo de um ato e outro, ela foi tomar ar com as amigas e o viu pela primeira vez: alto e pálido, recostado à sacada, trajava um blazer preto e apresentava um corte de cabelo peculiar, cortado rente à testa e comprido em fios soltos na nuca.

A jovem dama ajeitou as longas madeixas e o vestido dourado trespassado em fitas, delicado como um bolo de confeiteiro, ajeitou o vestido e as longas madeixas castanhas, arranjadas, horas a fio, pelas mãos esquálidas de uma camareira, a tarde inteira, diante do toucador. Mais uma vez e esbaforida, como se tomada de um mal-estar repentino, ajeitou o vestido dourado, as longas madeixas e olhou firmemente para o mancebo, por alguns poucos segundos somente, mas olhou firmemente para o mancebo com seus olhos brilhantes e compridos, lembrando-se de quando diziam belos os seus olhos castanhos e amendoados, olhou firmemente para o mancebo, como quem diz siga-me e ame-me simplesmente e, sem dar satisfação alguma às amigas, sumiu dali.

No seu penteado, exuberantemente elaborado, usava grampos, milhares deles, e por onde quer que passasse fazia-os saltar como gotas borborejantes de orvalho brotadas do ramo de uma palmeira tocada por um vento prolongado à flor da manhã. Não percebia, mas dessa maneira traçava um caminho, um registro, um itinerário seu. Algo como pedrinhas inusitadas, delicadas, soltas pelos corredores do teatro, misturadas às tramas persas dos tapetes luxuosos e evidenciadas pelo brilho áureo — à luz dos suntuosos lustres e vitrais iluminados — de seus grampos dourados; joias sem valor aparente, mas, unidas umas às outras, trilhadas mentalmente como se compusessem um jogo de passatempo cujo objetivo final fosse um prêmio magnífico, tornar-se-iam oferenda divina: uma virgem de olhos amendoados, vestido dourado e trespassado em fitas, uma jovem de longas madeixas, efusiva, endiabrada e aspirando, simplesmente aspirando por qualquer espécie de amor.

Desse modo, sabiamente, o rapaz de blazer preto, que, dissimulado, acompanhara toda a representação recheada de nuances da misteriosa dama, seguiu a trilha dourada, compenetrado em não perder-se da rota por nada neste mundo. Seguiu a trilha compenetrado e, além da curiosidade e do desejo, que, por certo, caracterizam-se como propriedades mais humanas e que no início haviam inspirado a empreitada, seguiu a jovem dama pelo faro e tomado por um sentimento menos nobre, como se cão perdigueiro fosse, sem sede, sem fome, simplesmente seguiu-a inflamado por uma força atávica que o induzia a agir daquela maneira, a caçar a presa que, àquela altura, suava sob o efeito da luz abrasiva do toalete ou da emoção de dar-se por inteiro, súbita, porém, própria da idade: à flor dos seus dezesseis anos a jovem dama dançava, livre e vertiginosamente, em pleno banheiro do Teatro Municipal; seus dedos compridos e finos deslizavam no sexo pequeno, doce, inchado, quente e fartamente umedecido.

O jovem moço, mais pálido ainda, não pôde conter-se ao receber seu merecido prêmio quando abriu a porta do toalete feminino e deparou com a visão da misteriosa dama dos olhos amendoados, sua doce presa, dourada, castanha, de pé e cambaleante, como se dançarina havaiana fosse, movendo-se em ondulações rotundas e ao mesmo tempo frenéticas, irresistíveis aos olhos animais do mancebo de cabelo engraçado, na ocasião alucinado e despindo-se com furor.

Não houve palavra. Dançaram em comunhão até o fim dos dois últimos atos. A ela apraziam a respiração ofegante nos ouvidos e a força mística da penetração, a ele, completamente enternecido, a sensação absoluta de pudim.

18h27, 01h04, 21h43

18h27

    Sabia que uma hora queimaria. Fazia tempo que depois de desligar a lâmpada apertando o interruptor ao lado da cama ela produzia um *tlic* estranho. Com o passar das noites, o barulhinho foi se tornando habitual: a vista cansava e eu desligava a lâmpada apertando o interruptor ao lado da cama e já esperava o costumeiro *tlic* soar no silêncio do quarto. Era até reconfortante. Mas uma vez, já anoitecia, a vista cansava, então apertei o interruptor. Não acendeu nada. Apertei seguidamente, uma, duas, três vezes e me dei conta de que a lâmpada tinha queimado.

01h04

    Era só o que faltava: um longo pelo de gato intrincado

na esponja de lavar louça. E branco. Liso. A raiz bojuda, nítida em uma das pontas.

21h43

Foi doloroso. Espremeu, espremeu, prendeu a respiração, reuniu forças, grunhiu, espremeu, utilizou a técnica que o tio de uma amiga havia lhe passado, puxando a toalha pendurada no suporte da parede do banheiro, como âncora, e a toalha, o navio, espremeu, espremeu, grunhiu até mais não poder, e só caiu um pedacinho, de cabrito; o resto, o corpo seco e grosso, ficou lá dentro.

Dr. Ivan e outros bichos

Dr. Ivan atende o telefone em fraldas de camisa:
"Alão!"
Coça a orelha peluda.
"Hm. Até aí morreu Neves!"
Coça a barriga peluda.
"Vende o drops e diz que é remedinho!"
Enrosca o dedo no nariz.
"Foi um big mistake!"
Desliga o telefone e solta um traque.
"Não é sopa!"

Edifício Saban Flora

O diretor de teatro foi o primeiro a subir. Atrás, uma fila de rinocerontes pesadões. As passadas trincavam a calçada. O que não chegava a ser uma rua: uma travessinha. Entre eles, couraça cinza e lama ressequida, alguém gritou com ares de Jean, Daisy ou Bérenger: *Eu bebo para suportar!* Entraram todos e a poeira baixou. Adiante, caladinho e saltitante, um canário. Depois um mosquito, nem vi. Aí, veio a turma; um time de pelada de futebol. Desigual em números. Azul contra vermelho, contava mesmo vantagem. Quinze versus doze. Nem veio o apito, nem o juiz. Também não esqueceram o sol dentro da sacola de praia. Sujaram os lances de areia. Não havia elevador, mas escadas encardidas. Aliás, só uma luz acesa, a do último andar; baça e tremulante. Candelabro ou tungstênio — mistério. Não parava de chegar gente, aparições. Até fada, só vendo! Parei atrás do poste, escondida. Vai ver alguém me convida? Imagina. Não poderia mais passar por esse papelão. E o convidado seguinte era o próprio Godzilla. Ou alguém com alergias alastradas pelo corpo. Não vi cauda nenhuma, aí não sei. De terno, ainda por cima! A atriz veio cheirando muito bem, um nome alemão. O grão-mestre seguiu barbudo, vestido de branco. Dois anjos ou duas gralhas evitaram as escadas, voaram. Não parava de chegar gente, seres... até uma manada de corcéis mortos, olhos vidrados, crina dura, de carrossel pomposo; pintados à mão. Um rol de especiarias, figurões. Uma freira. Um quitandeiro. Uma manicure atarracada. Um lutador de caratê, Nancy Sinatra, um manco, um gato, um garçom, um bassê, uma jovem prenha, um repórter de óculos... ih, muita gente. Até que uma viatura dobrou a esquina. No rastro da sirene, a serpente subiu silvando, rastejando escada adentro, certeira. Aí, como se fosse um mergulhão, a penumbra abocanhou o prédio de uma vez.

ELP Discoteca

Era Vânia

Quándo eu era pequena, bem pequenininha mesmo, minha mãe me contou a história de um homem que vendeu a alma ao Diabo em troca de riqueza e fama. Meus olhinhos brilharam e o coração escondido se afligiu de medo. Embora a intenção da minha mãe fosse me ensinar a integridade e a bondade de Deus, lembro perfeitamente do que aquela história significou para mim. Lembro bem do peso dela, tão grave e enigmático, até hoje imantado em mim, e pelo resto da minha vida. Eu já, desde então, tão pequena e tão menina, sentia-me docemente atraída pelas tentações do Mal.

A sala de estar da Vânia é decorada por móveis baratos que fingem mogno. O estofado é revestido por tecidos encardidos variados, nas cores creme e azul-marinho. O ar da sala de estar da Vânia pesa num escuro tom de azul. Os quadros tortos, feios e pobres denunciam desleixo, mau gosto e infelicidade. Vânia está só, o marido saiu. Vânia também está sentada em seu sofá. Jantou, escovou os dentes e agora passa o fio dental entediada diante da tevê. O som está alto e Vânia nem percebe. Ela vê imagens de uma igreja repleta de gente torta, feia e agitada. Todos cantam e apelam para o céu balançando as mãos como pássaros presos em correntes. No canto da tela vê-se uma intérprete de surdos, as palmas mudas traduzindo a canção, a melodia pobre e fanha, que se repete mais ou menos assim: "Entregue a sua vida, grite ao mundo inteiro, ele é a salvação, venha a Cristo sem demora, venha agora...". Vânia boceja, desliga a tevê, o dedo gordo, a unha grossa e amarelada, pressionando, decidida, a tecla de comando: POWER.

Vânia, ainda no sofá, fecha os olhos e vê alguém dentro das pálpebras — ela me viu, eu sei. Sei de tudo porque estava lá, dentro da cabeça da Vânia. Sei de tudo também porque já morri. E faz tempo. O fato é que desde pequena sempre fomos muito próximas, estudamos juntas, brincamos de boneca, nossos corpinhos mirrados cresciam para cima e para os lados. O tempo passava, menstruamos quase na mesma data, uma loucura, o buço da Vânia crescia espesso e grosso e meus peitos, novos e bicudos, despontavam impiedosos no vestido amarelinho de musselina.

Os nossos gritinhos adolescentes e gasguitos eram abafados pelo trovão "calem a boca vocês são moças de família" proferido por papai. Gritávamos de tesão reprimido, eu acho. Nossas calcinhas — não parávamos de crescer para os lados — apertavam muito e quando não estávamos na escola passávamos os dias trancafiadas no quarto sem ter absolutamente nada para fazer da vida. Aquela velha história, moça de família não anda avulsa aí pela rua, moça de família se guarda, estuda e ora. Nós éramos, sim, duas moças de família, respeitabilíssimas, amáveis e íntegras, mas não era nossa culpa, definitivamente não era nossa culpa que nossas bocetas passassem dias inteiros inchadas e melecadas de tesão.

    O jeito foi um dia perguntar à Vânia o que ela sentia, se ela sentia, se era aquilo mesmo que ela sentia, uma explosão concentrada e quente que tomava o corpo rendido, as caldeiras do inferno cozinhando nossas pernas, nosso ventre e nossos pés. Ela se fez de desentendida e pura — eu conhecia muito bem a Vânia —, os olhinhos dela agradeciam minha pergunta, o buço suado, a boca umedecida sorria nervosa e pedia, me explica direito, não entendi nadica de nada e transpirava, e se fazia de muito interessada, como assim, Deus, como assim, meu Jesus?

    Eu disse que temia a Deus, mas que também temia o fogo do Diabo pelo que sentia vez ou outra, como agora sentia ali embaixo, sabe ali, Vaninha, bem ali dentro de mim? Como se meu corpo derretesse inteiro e a lava, o rio caudaloso e gosmento emanasse sem contenção lá de baixo e eu tivesse que gritar para o mundo que doía, que era tão bom e que eu só queria aquilo nesta vida e mais e mais, até o fim. Sabe, Vaninha?, diz que sente, diz que sabe do que eu estou falando, diz para mim, vaaaai, diiiiizzzz.

    Vaninha não respondeu nada, correu e se trancou no banheiro — só vejo através das paredes porque sei de tudo e, como já sabem, morri — arriou as calcinhas apertadas, as coxas suadas e por lá meteu os dedos. Esgarçou as carnes rosa e molhadas do sexo com tanta potência que um fio de sangue laranja desceu por entre suas pernas tremidas, entregues e culpadas. Vânia gritou baixinho, chorosa, satisfeita e condenada, ai meu Jesusinho Cristinho do céu...

    A vida passou, trinta anos passaram, retornei ao Rio de Janeiro na época das férias para ver o mar. Sabia por alto que Vânia havia casado, sabia que morava por ali, o cartão impessoal dos correios, cara amiga, feliz Natal, o número conferia e o andar também, o meu dedo gordo, a unha grossa e amarelada, apertava o 36. Alô, Vaninha, sou eu, desculpa vir assim, sem avisar, eu estava passando e... que é isso, menina, sobe aí, que surpresa boa, olha só, meu Deus, e esse cabelo, agora você é loura, me conta, me conta, como você está?

Vaninha estava feia, o braço de morsa encalhada na beira do mar. Ficou, ao longo dos anos, morena encardida, os olhos fundos e rodeados por duas auréolas roxas que lhe conferiam um ar exausto e vencido. A bandeira branca, puída, estava fincada bem ali no meio da testa da minha antiga amiguinha, pobre Vaninha, pobre de ti. Sentada no sofá azul-marinho olhava os quadros tortos, feios e pobres de espírito, as almofadas encardidas tingidas de creme, o rack da tevê imitando mogno. O ar da sala de estar pesava num escuro tom de azul.

Ofereceu chá e tremia, porque, enfim, porque eu estava bem e ela estava tão mal, tão gorda, tão encardida, tão infeliz, tão longe de si. O buço adolescente havia desaparecido, dando lugar a uma mancha marrom, uma borra de café maculando para sempre seu rosto derrotado e aflito.

Vânia explicando, desorientada, onde o marido estava ou o que ele fazia ou como o casamento ia, derrubou o bule e o chá por todo vestido, queimando o corpo, os cacos da porcelana barata pintada à mão espalhados pelo piso; o gritinho adolescente, ai meu Jesusinho, ai, meu Deusinho do céu, um grito involuntário e gasguito. Foi quando eu me lembrei da Vânia sorrindo.

Vânia querida, senta aqui que eu limpo tudo, não precisa, não precisa, está certo, vou sentar, não estou me sentindo muito bem. Você quer água, um remédio, quer que eu abra a janela para a brisa entrar? Sim, beba água, você está tão pálida, minha amiga, me conta, Vaninha, me conta o motivo desse rosto triste, Jesus, chore, chore à vontade, meu colo é antigo, você sabe, você sabe que comigo pode contar. Vânia deitou em meu colo no sofá azul-marinho para chorar.

    Seu corpo todo se encolhia e se enchia a cada soluço, uma tigela enorme de gelatina escura ameaçava explodir por todo o lugar. Emitia pequenos gritos sofridos e eu só entendia alguns solfejinhos engasgados: "Por que, meu Jesuuuusssss, por quêêêê-ê-ê...?". Era de dar dó. Fiz cafuné por detrás das orelhas, avançando minhas mãos com ritmo e dedicação, meus dedos invadiam delicadamente toda a cabeça. Minha amiga, então, mudou o tom dos soluços que agora se faziam mais lentos e demorados. Por um momento me olhou com ternura profunda, seus olhos miúdos, urso-panda cansado, suplicavam amor.

    Pediu mais um copo d'água, estou com a boca seca, faz favor. Levantei solícita, pronta para ajudá-la, pronta para fazê-la feliz naquela sala de estar em escuro tom de azul. Voltando da cozinha com o copo d'água, vejo a minha amiga, a minha Vaninha, em pé, endurecida, o braço em riste, segurando um caco enorme de porcelana pintada à mão. Seus olhos alucinados, vermelhos, amarelos, transtornados, carregados de morte, suplicavam a dor. Uma estocada certeira no coração foi o suficiente para eu morrer. A asa do bule no meu peito, que ainda batia pausado e devagar.

    Os evangélicos cantavam e oravam por Jesus no tubo negro da sala azul. Vânia bocejava, os dentes escovados, desligou a tevê, apertando a tecla de comando POWER, a unha grossa, amarela, vermelha, transtornada e decidida. Vânia abandonou meu corpo na sala. Meu corpo sangrou lento até estancar.

O marido da Vânia nunca percebeu nada porque o marido da Vânia, meu Jesus, meu Deus, o marido da Vânia, nem mesmo a Vânia, nunca, nunca, Cristinho amado, o marido da Vânia, nem mesmo a Vânia, nunca existiram, nem no meu quarto antigo, nem nesta sala escura, muito menos nesta vida pouca que tu me deste, meu Senhor, meu Redentor, meu Salvador do Reino dos Céus.

Estátuas

O esmeril geme longe. Siqueira Campos, atingido, pergunta a Carlos Drummond de Andrade:

"Por que pareces tão triste?" No que o poeta responde:

"Não te preocupes, caro tenente. Não há nada. Nada além dessa moreia que nada na minha cabeça, minha ressaca."

Estrela nua

No quarto ao lado, Carla Camurati corta seus pelos pubianos. Trata e enrola com papel de seda. Acende. Fuma lânguida, em volumosas serpentes de fumaça.

Falta de amor e ternura

Juro: na casa da figura tinha um pombo empalhado na mesinha de centro.

A parede infestada de quadros hípicos, registros de turfe, alazões machos e luzidos, cavalos tesudos.

Para beber, sugeriu vinho rosê. O olhar de soslaio e morto do pombo.

"Dança calipssso?"

A língua solta que se espalha no S. Neguei o passo e antecipei a luz fraca do fim da tarde. Sentamos, o olhar verde e roxo do pombo. O cara estava longe, gesto contínuo de passar a mão na careca (óleo) como se fosse bunda de ninfeta. Desisti. Não sei se foi o colete xadrez ou o rack de vidro fumê... a porra do pombo não parava de olhar pra mim... medusa pássara, pensei.

"Vou nessa."

"Mas, já!?"

"Não vai rolar. Compromisso às sete. Desculpa."

"Pô... te ligo aí pra gente combinar qualquer coisa, então..."

(A sobrancelha em V, fazendo carinha de manhoso.)
"Tá."

Abraço curto, entreolho rápido. No elevador, bom-ar de gardênia, óleo no metal. Meu dedo apertado no botão P e o capacho puído carimbado de azul metálico: *Edifício Arizona*.

Fátima Moda Feminina

Diante da camisaria, o alarme da garagem soa estridente. A Irmã de Caridade Zumbi nem liga: se aboleta na calçada, braço direito refestelado sobre o chão cinza, seio murcho à vista, e dá de mamar de maneira secular a um plastificado bebê rosa.

A felatriz

> *Nessas condições, imóvel diante da grande miséria nacional, o otário só pode seguir dopado de sol, de cachaça e de magia. Até um dia acabar de vez com essa nossa evidente necessidade do samba, da necrofilia e da saudade! O sol de Copacabana enlouquecendo certos brasileiros em pouquíssimos segundos, deixando-nos completamente tarados, atônitos e lelés. As forças sobrenaturais paralisando-nos. Nós, os fantasmas esfomeados do planeta. Copacabana mon amour,*
> Rogério Sganzerla, 1970

Àquela hora, de manhã bem cedo, o bolo de aniversário malfeito, desengonçado, ela, a felatriz cor de rosa pink, o rego aloirado, a lycra esticada e as unhas pretas, cuspia no bueiro do asfalto. No elevador, a alemã de dois metros vestia um traje ridículo, tropical. Ela e o marido carnavalesco da Bavária, o abacaxi e as folhas de bananeira, conversavam e riam grosseiramente em alemão. O faxineiro encardido disse, com prazer estampado no rosto, que estava tudo fechado, pois sendo o Dia do Comércio nenhuma loja abriria, muito menos o centro espírita daquele prédio mofado, um túmulo desvelado, o musgo subindo pelas paredes até onde dava a vista.

De volta pra casa, cuspindo fogo, lamentando o mundo, os óculos escuros somavam outra visão. Eu podia agora olhar para tudo por mais tempo, insistir nos detalhes sem ser incomodada ou sem me dar por intrometida.

O ator aposentado atravessando a avenida, as sobrancelhas pintadas de graxa, unidas, o rosto triste, triste, muito triste, meu Deus. A mulher caminhando oprimida, pronta para o cooper, fingindo que é bonita e que tudo vai bem, obrigada, até parece, apertada naquela calça de trapezista. A vitrine úmida e ensebada da padaria Santa Clara.

Andaria por ali o dia inteiro, os óculos escuros — armei um plano e resolvi seguir a dama das unhas pretas, ela serviria de fio, eu de Ariadne, e o Minotauro era o que eu mais queria encontrar naquela manhã.

A calçada suja de merda de pombo, cachorro e mendigo; eu olhava para o chão, embora os óculos escuros me permitissem uma aventura 3-D. Naquela manhã bem cedo, naquela calçada imunda, eu me fazia medusa às avessas: podia olhar para todo mundo sem nunca virar pedra.

A bundinha dela balançava de um lado para o outro num ritmo engraçado, gordura localizada — era do tipo que encara uma lata de leite moça inteirinha, peido mofado, quando ameaçada por algo, por alguém ou por ela mesma. Avançou uma, duas, três quadras, a turba sofrida, aquela gentalha feia, malbanhada e maldormida, de manhã bem cedo. O rato e o gato ou o gato e o cachorro. Eu caminhava como bailarina, rica e delicada, os óculos escuros bruxuleavam na minha órbita; um halo dourado no meio da multidão. Ela prosseguia sem suspeitar o meu sadismo travestido de perseguição — na verdade o que eu mais queria era mergulhar na boca do dragão —, o andar apertado, engraçado e feio.

Entrou num desses becos de galerias que de noite servem para matar e de dia para escamotear os bêbados da região. Chegou à padaria, já íntima, a banhazinha da barriga espremida na haste engordurada do balcão. Por detrás do vidro manchado, o bolo de aniversário desengonçado e nele a imagem de um Mickey magro, o rosto angulado, as cores erradas; a impressão de um aniversário triste, triste, muito triste, meu Deus. Ela pediu uma carteira de cigarros no fiado: "Faz favor, amorzão?"

Na virada do corpo para voltar à rua, quase que me percebeu — não fosse minha pose de moça de família, os óculos escuros e a realeza necessária para me manter à distância de qualquer suspeita, de qualquer associação direta a ela, à vida dela, à vida cor-de-lycra-rosa-e-fedegosa-a-Derby dela.

Para ela eu não passava de uma coitadinha burguesa e atrasada para as aulas de inglês do Fisk. Acendeu o cigarro no isqueiro pendurado na banca de revista. E foi andando assim, a caminho do Minotauro. O gordão da banca esticou o pescoço espiando a bunda murcha, espremida entre as coxas, e o culote de banhazinhas cor de rosa pink. Pra lááááááá e pra cá, pra láááá e pra cá... Entrou no prédio mofado.

Eu seguia por um trajeto cada vez mais arriscado: entrar ali, assim, não competia à minha imagem, os óculos caros, a postura classuda, bailarina rica e delicada, sabe? Embarcamos no mesmo elevador.

De costas para mim, olhava pro espelho procurando por ela mesma entre as bolhas disformes e pretas que cresciam no vidro, os olhinhos espremidos. A filha da puta devia ser vesga ou míope e não usava óculos ou porque era burra ou porque não sabia que sempre se pode enxergar melhor. O elevador balançou aos pedaços e parou no sétimo andar. Saltou. Eu, para disfarçar, fui até o oitavo e desci as escadas com meus pezinhos leves de bailarina rica e delicada, os óculos escuros aumentavam a escuridão.

Encontrei a figura apertando a campainha, bééééééém bééééééém. Já meio irritada, acenderia outro cigarro caso, logo no terceiro toque, não tivessem aberto uma frincha de porta e, num sussurro macabro, não tivessem perguntado *Pra quem é*.

"Meu bem, é pro alemão."

Aguarda um instantinho, sua filha da puta, que gente pobre foi feita pra esperar em pé; as varizes crescendo do chão, endurecendo a carne, enfeando as peles e amarelando os olhos. Pode entrar, Clau. Então, o nome da bunda murcha era Clau. Não acreditei. Explodi de raiva quando vi a porta fechando, logo agora que. Merda!, restava a mim, rica e delicada, ficar encolhidinha na escada, atenta aos barulhos molhados daquele prédio imundo, os musgos subindo disformes e verdes até onde dava a vista. Esperei dez, vinte, trinta minutos, e nada de a porta abrir. Eu não ouvia barulho nem via fumaça da Clau. Ameacei partir, ameacei abandonar, como um lenço, minha aventura matinal. Mas algo me movia, eu sentia o arfar do touro por trás da porta ensebada, eu sentia que ali, ali atrás, atrás da porta numerada 76, eu encontraria o cão Cérbero. Depois, meu paraíso, foi quando a porta rangeu e se abriu.

De lá saíam névoas vermelhas, um cheiro de óleo de rosa-mosqueta queimado, um homem colorido e uma mulher enorme, trajada de abacaxis e folhas de bananeira, gargalhando tão alto que os gritos esganiçados corriam como as lebres das espingardas em dia de caça, em dia de sol. O homem enorme e desengonçado — só sorria e confirmava alguma coisa muito engraçada que teria provocado aquele quá-quá-quá todo àquela hora da manhã. Por onde andava minha doce Clau, não sei. O casal se despedia e dizia tchau tchau com aquele sotaque ridículo de alemão.

Fui obrigada a sair do meu esconderijo quando o filho da puta do faxineiro me cutucou com o cabo da vassoura imunda que sacudia com a mão, olha só, moça, isso aí não é lugar de sentar não, tá sujo e tem barata e rato, e hoje tá tudo fechado, até o centro espírita Luz da Salvação... Tudo bem, cala a boca, tô na minha, esperando uma amiga... Talvez eu conheça tua amiga, posso te ajudar, afinal, trabalho aqui há anos e... Não precisa, moço, não precisa, estou atrasada, depois volto aq... Psssiu! Espera! Segura a porta do elevador, faz favor! Entrei de óculos escuros, rica e delicada; o casal me desejava bom dia com aquele sotaque ridículo de alemão.

Descendo os sete andares, o espelho tomado por bolhas negras, eu lamentava a perda de Clau. De alguma forma sentia a presença da minha musa, da minha princesinha do rego aloirado, da banhuda cor de rosa pink, do meu fio, da minha possibilidade de, quando, ainda no elevador, o cheiro de Derby se mesclava aos abacaxis e às risadinhas espremidas de pigarro, tão triste. Eles conversavam alto e riam e tossiam por entre as frases, e, se não fosse o curso de alemão no Instituto Goethe, eu não entenderia perfeitamente que "Oh, wie Clau lutscht mein Schwanz sehr gut!", quer dizer, pura e simplesmente, "Ai, como a Clau chupa bem o meu pau!". Lá fora fazia um sol absurdo e se não fossem os óculos escuros eu não sei o que seria de mim.

Do fundo da pexereca

O nariz da mulher é enorme. Eu também tenho um nariz enorme. Espero a ginecologista potranca: um rinoceronte de batinha branca.

Para a salinha de tortura me convida:

"Senhora K., pode entrar."

Que beleza! Que maravilha! Sobrevivi a mais uma salinha de espera. Cafezinho muito doce, revista *Manchete*, velhas soturnas e o Leão Lobo iluminando o lugar: um verdadeiro Hades aos 13 graus.

"Tudo bem, senhora K.? Vai fazer o papanicolau hoje?"

Deito na caminha do terror. Estou pronta para o exorcismo:

"Vem mais para perto, senhora K. Isso!"

CREU CRAC CRAC CREUUNN CROC

Sai! Sai, Exu, de mim! Tudo certo. Agora ela arma as mãos.

As patas de luvinha cirúrgica:

OINC OINC OINC

O dedo da dra. Rinoceronte está todo lá. Superdentro. Supernatural. Vou cantar um fado.

"O.k., senhora K. Recolhi todo o material. Vista sua roupa e preencha este formulário. Agora é só aguardar o resultado, certo?"

Beijei a paquiderme na boca e gritei: "Tudo certo, tudo lindo, tudo azul!".

GHRRRRAAAAAAAAAAAAUUU

O cara é domador de tigres. Varetadas nos lombos dos tigres.
Gritos de comando para os tigres. Muita carne para os tigres. "Jump!"
O cara é americano.
O tigre pula no círculo de fogo. Aplausos.
Oh.
Dentes de sabre. O domador folgazão abre os braços para o mundo.

Insónia

Tomada por um sentimento rudimentar, até agora inexplicável, revirei olhos, cabeça e pernas a noite inteira, sem nem sequer conseguir antever uma bruma de sonho, nada. Desde pequena sou assim. Acho que hoje uma sentença solta num filme de terror da sessão de gala, algo como vou esfacelar seus olhos vingativos; vou trepanar você, seu macaco; vou arrancar-lhe os dentes um por um com meu martelo enferrujado; algo bem sórdido do tipo, dito assim, na calada da noite, ao pé do meu ouvido, uma sentença dessa estirpe, com esse peso todo, é claro, afinal eu sou gente, e mulher ainda por cima, e tenho aqui todas as minhas sensibilidades naturalmente distribuídas pelo corpo, sobretudo pelos olhos, que lacrimejam depressa; é incrível, basta bocejar um pouco e lá está o bojo de lágrimas despontando na nascente, é tão engraçado o quanto somos máquinas esquisitas que despejam águas de variados odores por todos os buracos — sim, de variados odores, é claro... e não vá você me dizer que o suorzinho malcheiroso da axila tem o mesmo cheiro daquele que sai da dobradura detrás do joelho, daquele que escorre quando passamos muito tempo sentados, esse sim, certamente, assemelha-se mais à composição da lágrima, que é simples, salgada e morna... Mas, eu falava de uma sentença vingativa, dita ao acaso, na calada dos meus ouvidos, tão sórdida quanto a imagem de dentes esfacelados e espalhados pelo assoalho da cozinha —... meu Deus, o que eu fazia, enferrujada, àquela hora, na cozinha, abrindo geladeira, acendendo fogão, quebrando xícara, engolindo garfo e mastigando vidro? Eu devia estar na cama contando carneirinhos, antevendo brumas de sonho, mas não, mas nada, não conseguia nada, nem bocejando muito, sucessivas vezes, a ponto de travar a mandíbula e romper os bojos de lágrimas falsas na nascente dos meus olhos insones. As lágrimas escorriam sobre minhas bochechas retesadas e aquiesciam no meu corpo vidrado — todas as sensibilidades naturalmente distribuídas — de macaca, máquina esquisita, eu, quase cadáver, trepanada e naturalmente, desde pequena, naturalmente, como num filme de terror, naturalmente e sucessivas vezes, acordada.

Já dizia Maysa

O rosto colado na janela, o ônibus em fluxo capenga na cidade. O fim do dia anuncia o mundo engarrafado, o sol sumindo, o cansaço retesado, dela, dele, do mundo. Ele, motorista de táxi, óculos escuros de camelô, escuta forró baixinho. Mais um minuto morno do dia. É sinal vermelho. Tudo parou de verdade. Ela ao lado dele. Ela mais alta, rosto delicado flutuando em moldura retangular de vidro. Imagem sobre imagem, se viu nos óculos escuros do taxista. Trinta segundos? Aquela ali sou eu? Ele acenou com um muxoxo na boca, um beijinho simulado, safado. Aumentou o forró. Ela, presa no raibã de plástico, sorriu meio sorriso. O sinal abriu. Na estancada, no solavanco do ônibus, um mundo caiu.

Janeiro, sol a pino

A senhora Guga atravessa o Lido sob um casaco de plumas.

Júnior *is about to love someone*

Ela está ali. Na mesa, pernão serpente. De vestidinho bordô olhando pra mim.

"Gostosa", penso. Na mão direita um drinque vermelho, na mão esquerda um charutão. "Essa mulher deve ter caído dos céus de Hollywood pra mim", penso de novo. Mas estávamos ali, na América Latina. Na orla mais classuda do Rio de Janeiro. Estávamos ali, numa dessas calçadas do Leme, quase na esquina da Martim Afonso. Salve o meu Brasil. Salve o amor, meu Deus do céu, salve.

Não me lembro mais se o vermelho era do drinque, da boca ou do vestido da minha Mulher Mistério. Labiríntica e tetuda.

Ela continua lá. Flutuando no vermelho, serpenteando a fumaça e olhando pra mim. "Interessantíssima." Só pode ser uma neurótica. Uma neurótica boa de cama. Uma neurótica adivinhando minha dor antes d'eu narrá-la. Uma neurótica longe de mim depois da terceira trepada. Mas vale a pena. Ô. Aquela bocona quente e fumacenta deve valer muito a pena e, por agora, só vai me custar dez pau.

"Garçom, serve um Red praquela morena ali e diz que é por minha conta."

O garçom vai lá, lento e mórbido. O cupidão de preto. O cupido cearense. Ela escuta o garçom. O garçom aponta pra mim. Ela se levanta. Mulherão alto. O vestidinho colado. Uh! Uma maravilha. Uma naja urbana. Uma mulher toda buracos pra *moi*. Uma mulher perfeita pra mamar. Ela vem na minha direção, a mulher dos buracos em chamas, a mulher réptil da boca vermelha. Ai, meu Deus dos Céus de Hollywood. Salve o Meu Brasil, Salve. É a glória! Hosana nas Alturas! Torpedos do Além!

"Oi, meu nome é Ramona, e o seu?"

La diet vita

Estou dançando na festinha. Está rolando um Nino Rota. Mulheres de azul e mulheres de rosa. Eu sou o cara de branco.

Os garçons flutuam. Os garçons servem quindins. Eu balanço a minha bundinha. Bundinha orquestrada. Bundinha de cinema.

As mulheres de azul: cílios enormes. As de rosa: peitos enormes.

"Ô, amizade, eu quero um quindim aí!"

Vejam aquela boneca! A boneca na janela suspira. Cílios azuis. Vestidos enormes.

"Oi, doçura. Como te chamas?"

"Mel, meu nome é Mel."

Mel, minha cara, vamos dançar, vamos comer quindim, vamos balançar nossas bundas, vamos ao cinema, minha cara Mel?

"Mel, teus olhos são lindos."

"*Grazie*, senhor, *scusi*, vou à *salle de bains*."

Mel faz reverência. Segura o vestido e dá uma abaixadinha. Mel é cortesã. Lá vai a doce Mel...

"*Au revoir*, Mel!"

Harpas, fagotes, xilofones, flautins, clarinetes e um chinês no gongo. O lustre fulgura chispas azuis e rosas. Eu de branco pincelado a todo instante. Que beleza de vida. Balanço a bundinha: azul, rosa, azul, rosa e amarelo. "Garçom, vai mais um quindim!"

Lady Moreira

Ela sabia que nada daria certo. Ela sozinha em casa, metida naquele ninho de voal, fingindo ser dócil, o tique-taque sem fim, afogada em si, a água fervendo para o chá, suportando a todo custo a própria imagem no espelho, envelhecida, preguenado os olhos, vincando ao redor da boca, o cabelo uma juba sem graça, a voz rouca, macaca velha, égua condenada, cadela perdida.

Nos tempos que chamava outrora acordava cedo, tão certa de si; as tarefas domésticas, o trabalho no escritório, as lindas pernas cruzadas para o chefe... Cultivava a dignidade, a compra dos vestidinhos acinturados e o acertamento das contas do salão de beleza; na vitrine polida, o nome dourado. Agora o salão servia para nada, pintar as unhas para quê, meu Deus, se sobre as mãos revertia uma pele rugosa, manchada de sinais marrons e sarapintada de fezes?

Na parada do cruzamento, o anúncio do gol (o timbre AM) proclamava o tédio. O ônibus freando, som agudo de baleia, as manchas brancas na janela; voltava para casa no fim do dia. Um grito de macaco louco sobre os sinais de trânsito; ecoavam nos vãos das marquises uns zumbidos de gente, uns de vespa, outros de abelha, gente esquisita e cinza carregando bolsas, pastas executivas de couro falso; dragões lustrosos e negros ateando fumaça no ar.

Lady Moreira rodava a chave olhando pro capacho e lá mesmo, antes de abrir a porta inteira, abraçava, em sorriso, as coisas pacíficas da casa que respeitosamente permaneciam intactas, sublimes à espera da intervenção dela, a rainha do quarto e sala no coração da Barata Ribeiro.

A nobreza de uma garça nos álbuns de foto, outrora na praia, as pernas unidas, o cabelo brilhante, a mão no joelho. Magra, tão magra. Agora ali, presa no saco de pele, batatas mofadas, morsa abandonada, codorna velha no cativeiro. Sabia que nada mais daria certo. Lá embaixo um mar calmo, cardumes, volkswagens, algas e letreiros. Avistou o primeiro amor, de braços abertos, gritando por ela, todo molhado, com o membro teso e completamente apaixonado. Pulou.

Latina e sem bunda

A mulher montada no centauro. Bata romana e um cálice de vinho na mão.

A mulher moderna nos tempos de Roma cansou das saunas, das bibliotecas e das viadagens dos centuriões. Resolveu dar um pulo em algum vulcão por ali. Sozinha. Pensar sobre a vida, o vento batendo no rosto, reflexões de mulher. O centauro é uma espécie de motoboy, o cara é caladão. O centauro trotava, o vinho caía do cálice: a bata manchou. Linho egípcio, caríssimo.

"Vai, moço, para aqui."

(Cromaqui do vulcão em chamas ao fundo.)

O centauro para. O centauro meio burro respira alto.

"Quanto custou a corrida? " (Voz de cavalo.)

"Sem grilo. Pra você foi de graça, gatinha."

Manequins sem cabeça

Felizes posam, sem as cabeças, os seus biquínis não pensam em nada, em ninguém, nem mesmo em para onde ir, e em para quem, depois que o sol se for.

As mãos do contrabaixista entre as minhas

Desci as cortinas e lembrei dele.
Eu estava na plateia quando reparei no tamanho delas. Ossudas, alongadas, unhas quadradas, polidas, achatadas. Braços de homem mesmo. Concentrado na partitura, o talhe comprido, o sapato grande, brilhoso e preto. As mãos subiam e desciam. A música morna da gafieira saía de lá. Adoniran Barbosa cantando para Iracema eu nunca mais eu te vi. O ator no centro do palco, a luz dramática por cima, branca. As poeirinhas do teatro presas, bailando, faiscando no raio de luz. Dançaram um tango, tocaram um prelúdio no ar, escreveram em vermelho no espelho: *Aqui não é o meu lugar*. Ele, lá no canto, olhava para mim, olhava mesmo, como quem galanteia descaradamente. As luzes vinham de toda parte, então meu rosto no meio da plateia brilhava evidente e claro, uma vontade de rir me tomou, baixei a cabeça e sorri meia parte, depois olhei de volta, ele ainda olhava, as mãos pra cima, as mãos pra baixo, o ator no centro do palco encenava um canto triste de amor perdido, um

sambinha simples feito em especial para as calamidades do coração, dessas que prescindem da coragem de viver. A pobrezinha morreu atropelada na São João, vinte dias antes de casar com seu grande amor, *você foi pra assistência, Iracema, o chofer não teve culpa, Iracema, paciência, Iracema, paciência...* A luz e a música, meu cabelo comprido jogado nos ombros, o sapato brilhoso e preto. No fim do espetáculo ele de pé agradecia, eu batia palmas e batia forte e sorria.

Fechei os olhos e bebi o uísque dele.
A pedra fria batia nos dentes, eu engolia de pouquinho em pouquinho a bebida. Ele de pé olhava, olhava para mim, eu sabia. Recostado no balcão, o casaco rasgado na manga esquerda, o sapato brilhava ainda. A luz rosada do bar tornava o ar mais fácil — a gente só não brindou porque não pedi nada. *Olha, eu não te perdoo, e gosto tanto. Nada abalou o que sinto, nem de longe, mas não te perdoo. Um dia talvez, quem sabe.* Ele segurava com uma mão meu quadril, a outra não vi onde ficou. Beijou o canto do pescoço onde, horas antes, eu havia borrifado o perfume francês. Fiquei mole, preferia não falar, e obedecia, enlanguescida, às mãos dele. No canto do pescoço, bem ali, e a pedra fria era gelo.

No aeroporto, tão frio, olhava o painel. O painel dizia *última chamada*, havia quinze minutos o painel dizia *última chamada*, tão frio, de repente a indicação do voo desapareceu.

Maratonista *Riders on the Storm*

As portas do vagão se abrem bruscas. Ele entra pelo chão emborrachado, patas de plástico, lona, brilho prata, Nike. As pernas são emplastradas de suor e fibras, nenhum pelo, máquina. As molas dos tênis lhe conferem um andar de lua, Neil Armstrong da Santa Cruz. Não sei o que fazia por lá, eu sentava e embaralhava os dedos num nó complexo para me perder de vista mesmo e conter meu corpo dos avanços violentos do metrô. Ele sentou-se à minha frente, de lado, e não cruzou as pernas, duas renas distantes do Natal. Fazia frio fora da estação — estávamos em março, estávamos mesmo em que parte do mundo? Estávamos sob o chão da Terra. O maratonista não tinha rosto, só pernas e tronco e alguns braços que permaneciam em movimento com ares de fora de foco, rasgando o espaço em riscos pincelados, guache, tinta-água, luminosa, embaçada, asa marrom. Ele voava dentro do trem? Contive o choro em solavancos internos. Faíscas por todo lado, no breu, no túnel sombrio, os trilhos urravam em arroubos ferrosos. E meus olhos, estacionados nas coxas do maratonista, nem sequer piscavam, ardiam poluídos, secos, sozinhos.

Nunca estive tão sozinha, meu Deus; meus dedos se cruzavam em figas da sorte. Abriram-se as portas, desci com dois passos e nunca mais chorei. Atravanco na estação. Ele, o maratonista das pernas potentes, partia no vagão, em contrafluxo, para algum lugar do mundo, sob a Terra, sob sol e chuva, para além do cemitério, correndo sem parar, insistente, incansável, máquina galvanizada: um enorme milagre de Deus — dele, do maratonista e dos seus tênis lunares, não sei mais, julgo que o perdi de vista, visão desfeita, passado recente, fósforo aceso na pólvora, éter luminescente, pingos de chuva e pássaros mortos.

Em pé, ainda com os dedos cruzados em figas de sorte, julgo que, de uma vez por todas e tão simples assim, perdi-o de vista, sim, perdi; e ele, em velocidade escusa, caminho escuro, noite do cais, sumia por detrás, para além, e nunca mais.

Minha alma lá no céu

Amarela ovo. Duas asas de pena de pavão, collant dourado, um litro de cajuína. Cambalhotando sobre o céu de Camocim. Assim, anjos e demônios, eu quis pra mim.

No sofá, na tevê

Poderia ser um saco de músculos. Ou um emaranhado de carne estriada, putrefata. Esverdeando, enormemente esverdeando. O cheiro inesquecível que sobe dali. Um banquete para os tubarões, os olhinhos minúsculos dos tubarões, o nariz pontudo e bobo. O barulho da carniça dilacerada dentro d'água. Como fumaça, uma névoa branca de tecido pálido para o cinegrafista mergulhador, para quem vê tudo de baixo. O corpo, morto há dias, de uma baleia cachalote flutuando em alto-mar.

Uma noite no Atlântico

Moon river... o Bretão na boate, vestindo uma camisa vermelha, chacoalhava o hi-fi. Todo mundo chacoalhava, mas a música era *Moon river*, com Frank Sinatra. Os de amarelo mexiam a cabeça em movimentos contínuos, pra trás e pra frente, como metaleiros. Os de verde só mexiam os quadris, à la marcha olímpica, sem sair do lugar; os de azul pulavam o mais alto que podiam sem cansar. Estava uma beleza, a boate trepidando, reluzindo, eu de preto, rainha sentada em trono de veludo, perna cruzada, bota até o joelho, cigarrão na mão. *Wider than a mile...* já falei do Bretão, não foi? Pois lá estava ele chacoalhando o hi-fi, como todos os de vermelho faziam. Mas o rapaz tinha uma coisa especial, um olhar torto ou uma mochila entupida nas costas... O que me fez parar de olhar pros lados, pra cima, pra baixo: o meu desejo era olhar só pra ele. Marinheiro, fui saber depois de uns beijos. *There's such a lot of world to see...* A boate se transformou em navio e agora partíamos rumo ao norte. O barman vestiu o quepe e acionou o buzinão; partíamos.

Os de amarelo ainda chacoalhavam as cabeças, procissão de *headbangers*. Os de verde, num swing danado, ainda remexiam as ancas, latinões segurando o tchan. Os de azul, cangurus náuticos. E eu de preto, rainha do navio, com as mãos atadas ao Bretão — conversávamos em silêncio entre goles de hi-fi. Da última vez que olhei pro céu, entardecido ou amanhecido, vi uma gaivota passando em *slow motion* só pra ficar em cadência com a balada do Sinatra.

Wherever you're going I'm going your way.

O nome da canção é "Michelangelo Antonioni" ou pode ser "Jesus Cristo" do Roberto Carlos, aquela que tocou no supermercado e você adorou

    Lembrei do dia em que estávamos passeando à toa pela praia de Iracema, quando você dizia a toda hora, nossa, aqui parece demais com Cuba; as lojinhas de suvenires, a igreja colonial, não sei bem se do período colonial, mas, logo ali, do outro lado da ruazinha de paralelepípedo, eu disse, num tom gracioso de voz, me agradam essas casas estilo anos setenta de Fortaleza, me agradam as fachadas geométricas e me agradam os minúsculos azulejos verde-água em formato de pastilha. Paramos defronte da casa de muro baixo e ficamos impressionados com o brilho da acácia do cacho amarelo plantada, imponente, no jardim de entrada, enorme, enorme, a coisa mais amarela que já vi, mais amarela que o sol, mais amarela que a gema do ovo de granja — porque a do ovo caipira fica meio laranja. Eu disse, olha que árvore estranha, que árvore linda, as flores são folhas ou as folhas é que são flores? Você concordou imediatamente com a minha dúvida e me acometeu a sensação de que éramos bem parecidos um com o outro, mesmo que, evidentemente, você fingisse, mal e porcamente, entender com perfeição o meu raciocínio emocionado traduzido pelo meu francês capenga. Talvez essa fosse a mágica daquele dia, quando eu estava entediada, quando eu não estava nem aí para atender meu celular no apartamento de um amigo e você, súbito, apareceu na cozinha, naquele calor absurdo, vestindo camisa social de manga comprida, engraçado, alto, elegante e desengonçado, sinuoso como um gato, parecendo um homem de verdade e com ares de Paris. Eu te convidei para sair porque era domingo e eu estava tão entediada da minha vida, do meu telefone tocando, do português chiando nos meus ouvidos ou badalando numa espécie de blém blém blém. Você deve ter achado bonitinho uma cearense da voz fanha falar mal e porcamente a sua língua, abrir os és quando não devia ou exagerar no *errrres* para florear o som. A graça daquele domingo, a mágica daquele dia — depois da acácia do cacho amarelo, claro — se deve ao fato de em nenhum momento termos tido a ilusão, arrogante e corriqueira, de falar a mesma língua.

Nosso papagaio, meu amor

Um papagaio no ombro. Estou apaixonada por um pirata dos sete mares. Sim, é domingo. Um papagaio sobrevoa os sete mares e eu ali no bonde, apaixonada.

Com saudade do meu amorzinho. Também uso um tapa-olho para desvendar uns trilhos enferrujados no chão. Ai, que amor, tão verde e amarelo quanto o papagaio. Tão azul quanto o mar Egeu, tão azul quanto os amantes de Chagall!

Além do papagaio verde e amarelo, vislumbro galos de rinha, canários atletas, minhocas gordas, peixes pratas e mangas veludo. As mãos do meu pirata predileto nas minhas coxas. Peixes pratas escapam pelo meu umbigo. Galos de rinha passeiam nas vértebras, no cóccix arrebitado. Canários se divertem nos meus peitos. E a gente mergulha no mar Negro, tão vermelho quanto os acrobatas de Chagall. Uma manga veludo enterrada na minha boca:

Pffffmeuuubvuuuuuuuu.

Ai, quanto amor. Meus sete mares, azul e minhocas no

céu, vermelho enferrujado no chão. O bonde parou no porto. Eu (acrobata e tua amante) vou descer. Tão lindo... o nosso papagaio voou.

Nos *terres brûlées*

Para Leonardo Marona

O dia começou assim:
"Não é tigre, é boi!"
Depois de um pouco de atrocidade diária na faculdade, marcamos um encontro no parque em pleno século xxi. O dia estava quente, porém fresco, e meu espartilho sufocava minhas costelas frágeis de mademoiselle do agreste. Ele me chamava de rapariga e apontou o cacaueiro.
"Oh, veja, o fruto está a madurar!"
Deitamos sobre o lençol xadrez, a calmaria das coisas silenciou-nos, pois. Eu, de ouvido colado em seu ventre, acompanhava a sinfonia intestinal — ele está tão vivo, tão peristáltico, meu amásio, meu irmão, meu vampirinho do mal.
Tudo é tão grande, pensei. Se pudesse ter várias vidas, como o Dick do John dos Passos (o autor em fluxo), passaria trezentas delas com ele, sobre e sob o lençol xadrez.

Oferenda para cigana Dolores

"Não há nada pior que sonhar com os dentes esfarelados na boca como se tivéssemos engolido uma xícara quebrada, certo?"

Pois que ando sonhando com tais tribulações, além dos gorilas habitués do meu pensamento e das malditas pombas que insistem em criar ninhos na gaveta de roupas íntimas. Deve ser a tal da cigana. Maldita cigana do véu vermelho, maldita hora em que, pelo coração, afeiçoou-se a mim. Agora tenho de servi-la. E servi-la significa preparar docinho de abóbora, temperar sua vista com mel — e olha que tem de ser mel exclusivo da florada de laranjeira, hem —, repuxar-lhe os cabelos até que sofra muito, pintar suas unhas compridas imitando o matiz da maçã e sempre, não esquecer, sempre sorrir com os dentes inteiriços e limpos. Do rol de tarefas a cumprir ainda consta da lista: arrefecer o café até alcançar a marca de dezessete graus no termômetro e assim transformá-lo em perfume; plantar gerânios nos travesseiros; polvilhar a água do toalete com dois punhados de alecrim e uma gota de molho shoyu; ocultar raiva ou preguiça das mãos, dos pés; alimentar o lagarto carcamano de estimação; despistar a songamonga do telemarketing que insiste em telefonar todas as manhãs, *escuta, ela não mora mais aqui*; injetar água oxigenada nos ouvidos até escumar pelos ombros e grunhir para o espelho como o monstro do pântano; assegurar-se de que ninguém mais virá e de que assim poderá esparramar o corpo pelo assoalho em formato de estrela; rolar pelo chão; dançar fora do ritmo imitando lesma e cansando os ossos; acender todas as luzes da casa antes de subir ao céu; levantar a saia rodada invocando orixás e provocando tempestades elétricas; por fim, arrear os cavalos e sumir dali, maldita cigana, de uma vez por todas, sumir.

Ovo

Dezembro. Duas irmãs conversam na cozinha. A cozinha está abarrotada de móveis, eletrodomésticos, utensílios e cacarecos em geral. A cozinha é encardida, úmida e não tem espaço para a circulação. Espremidas, as duas irmãs conversam em círculos enquanto o ovo cozinha em borbulhas. A irmã mais velha resolveu não comer mais ovos na vida e justifica a decisão argumentando que a prática de comer ovos apodrece os dentes. A irmã mais nova considera um disparate tudo o que a irmã mais velha pensa sobre ovos. Afinal, ovos têm cálcio, ovos fortalecem o organismo, ovos fazem bem. A irmã mais nova acredita que a irmã mais velha está ficando gagá. Em seguida, a irmã mais nova censura seu pensamento e cultiva outro que contradiz a ideia de que a irmã mais velha está ficando gagá. Afinal, a irmã mais velha só tem cinquenta e oito anos. Em janeiro faz cinquenta e nove. Em janeiro a irmã mais velha fica um ano mais velha e não consta dos anais da medicina criatura gagá aos cinquenta e nove anos. Louca pode ser, mas louca não é gagá. Gagá é velho louco. Embora se possa estar louco aos cinquenta e nove ainda não se está velho, afinal. O caso é que a irmã mais velha acredita que os ovos são uns monstros embutidos em cápsulas frágeis. A irmã mais velha teme os ovos e os tem como alimento prejudicial à saúde. Rico em substâncias tóxicas. Vil como uma pequena bomba de aspecto inofensivo. Calado e malvado. Um tremendo vilão da cadeia alimentar. Para a irmã mais velha os ovos causam banguelismo, mau hálito, furunculose, desmemória, tersol, perda dos sentidos, contaminação por salmonela, confusão mental, diarreia aguda, flatulência crônica etc. Além do mais, toda essa confusão de quem veio primeiro, o ovo ou a galinha, deixa a irmã mais velha atarantada. Já basta tudo o que a irmã mais velha passou. Já basta. A irmã mais velha suspira ao dizer que já basta tudo o que passou. *Já basta.* A irmã mais nova não se comove com o sofrimento da irmã mais velha. Quando ela faz alusão a tudo o que passou, e se repete exalando um suspiro frouxo, a atormentada irmã mais velha se refere à perda de todos os dentes de ambas as arcadas. É evidente que a irmã mais velha se vale da justificava de que o consumo excessivo de ovos provocou a tragédia. A irmã mais nova não se comove e questiona com a sobrancelha enviesada se a trágica perda de todos os dentes da irmã mais velha foi mesmo provocada pelo consumo excessivo de inocentes ovos. Enquanto o ovo cozinha em borbulhas a irmã mais nova pensa ensimesmada nas razões que levaram a irmã mais velha à perda total dos trinta e dois dentes da boca. Má escovação, consumo excessivo de doces — quindins, pudins, gemadas, fritadas, rabanadas e afins —, predisposição genética a dentes frágeis, gengivite, preguicite, indisciplina, medo de dentista etc. A irmã mais nova e a irmã mais velha sabem que se deve visitar o dentista pelo menos uma vez ao ano. Mesmo assim a irmã mais velha jamais visitou o dentista. Valia-se da desculpa disparatada de que o consultório seria glacialmente frio e de que seus pés e suas mãos congelariam como cortes de frango no freezer. Mesmo com os dentes apodrecendo e caindo aos pedaços aos olhos de todos, a irmã mais velha jamais visitava o dentista e mudava de assunto quando a irmã mais nova sugeria uma consulta. A irmã mais nova, sabendo não ter sido o inocente ovo mas tão somente o desleixo da irmã mais velha no trato com os finados dentes o causador da perda total dos trinta e dois dentes da boca, resolveu não mais tocar no assunto. Afinal, o Natal se aproxima e as vitrines dos shoppings estão forradas de neve artificial. É tempo de abraçar os irmãos e cantar o amor em sua completude, a felicidade morna dos lares abençoados, a paz conquistada pela consciência límpida, a união dos filhos em harmonia, a solidariedade bem-intencionada, a compreensão mútua dos deslizes humanos, o milagre da existência, o perdão etc. É tempo de abraçar os irmãos e calar as verdades ofensivas, as juras de vingança, os ressentimentos amargurados, os ódios velados, as difamações indignas, as maledicências interesseiras, as competições escamoteadas, o arrivismo etc. Enquanto o ovo cozinha em borbulhas, a irmã mais nova reflete ensimesmada sobre as razões que levaram a irmã mais velha à catastrófica perda de todos os dentes. A irmã mais nova conclui que por puro desleixo a irmã mais velha perdeu todos os trinta e dois dentes da boca e que ainda por cima a irmã mais velha ela própria se exime da responsabilidade pela trágica perda dos dentes declarando culpado o ovo branco que cozinha indefeso em borbulhas. A irmã mais nova decide não mais insistir no assunto *ovos x dentes*. Resolve não mais manifestar sua verdadeira opinião face à tragédia da irmã. A irmã mais nova suspira na cozinha encardida consciente de que, calando-se diante dos disparates da irmã mais velha, exerce uma boa ação. Afinal, o tempo remedeia mesmo tudo. Afinal, a irmã mais velha pretende comprar dentes novos no ano que vem. E a irmã mais nova ela própria planeja presentear a irmã mais velha contribuindo financeiramente para a aquisição dos novos dentes. Afinal, os dentes da irmã mais velha já estão mesmo perdidos e o ovo antes cru agora está cozido. A irmã mais nova apaga o fogo e procura um pires e uma colher em meio à montanha de cacarecos entulhados no móvel gasto sob a pia. Em seguida, a irmã mais nova come o ovo cozido em silêncio, contrita. Contaminada pelo silêncio da irmã mais nova, a irmã mais velha não mais repete sua opinião acerca do consumo de ovos e não mais franze o cenho ou entorta a boca manifestando nojo e rejeição como sempre faz quando a irmã mais nova decide comer ovos. Espremidas na cozinha encardida, a irmã mais nova engole o ovo enquanto a irmã mais velha suspira frouxo e vagueia alheada em suas expectativas de um futuro próximo, quando poderá sorrir com dentes novos no ano que vem.

Para além de Jacarepaguá

Pois cadáveres, mais do que estercos, são para jogar fora.
Heráclito

A fachada da casa exibe quatro janelões brancos. No jardim, uma árvore corpulenta distribui generosa sombra pelo gramado recém-aparado. Folículos de grama flutuam pelo ar. As cortinas dançam. A árvore geme. A porta vitoriana que dá para os fundos abre nunca. Não há fantasmas, nem família. Só o espanto dos tocos de madeira largados pelos cantos, máscaras desfiguradas, vestidos de princesa reduzidos a trapos, cartolas cujos coelhos foram inutilizados e mais um rol de coisas velhas, sujas e escondidas por trás do cenário da sequência 3.

Peras

SOPA DE SAUDADE

A névoa fria escapa da geladeira aberta e nela vislumbro uma tigela de peras maduras, amarelecidas. Cenário branco, gradezinhas gélidas, garrafa de água pela metade. Investigo o botão de controle da temperatura; a seta aponta: mínimo, médio e máximo. A lâmpada acesa no canto. Na parte de baixo, gaveta transparente, algumas folhas jazem. Escolho cebolinha para contemplar: canudo vazio, áspero por fora, em listras. Lembro do corte, saltam do fio pequenas fatias; veloz. Depois da panela, amolecido na sopa cerosa, ainda anel. A cebola intriga, ácida: transparente em espirais por dentro e por fora amarrotada, quase cinza. Com ternura, volto às peras e abocanho a fruta com os dentes da frente. *Chhrew*. Nunca comi uma pera, nunquinha mesmo, mamãe. Nunca comi uma pera — não chega a ser maçã, é mole e branca e gelada por dentro. Uma delícia, mamãe. Se pusermos no máximo, vamos acabar comendo pinguim no jantar, não é? Asinhas negras com batatas cozidas. Finjo quase fechar a porta e a lâmpada sucumbe lá dentro, baça. Descubro-me sozinha, dou uma gargalhada e já sei de tudo: querem me enganar. Estou largada no mapa, largada nas imediações de um polo norte escuro e frio — o helicóptero barulhento da cruz vermelha sobrevoa meus gritos. As peras ainda dormem na tigela, calminhas como bebês nutridos e, felizmente, não atentaram ao barulho das hélices. Querem me enganar, mamãe, querem me enganar. Garrafa de água pela metade. Me repito. Querem me enganar, mamãe. Agora que nem mesmo o mundo se acabou (sopa de pinguim na panela), agora que as peras não me dizem mais nada, não há mais, mamãe, não há. Porta fechada, geladeira vazia; cebolinha embotada e murcha. Uma cebola aberta, sozinha no canto. Eu sozinha no canto. Gradezinhas gélidas: é frio e escuro. Escuro. Mamãe, cadê você?

Perucas Lady

Se ela não tem mais cabelo a culpa não é minha, eu sei, eu sei que estou sendo dura, mas a senhora insiste em usar a cabeleira nua, rala como o vento que passa sem mais, varrendo as portas, o chão encerado, a sala e seus móveis, as cortinas. Em qualquer lugar do mundo, não só aqui, estou falando. E estou sendo limpa; incomoda mesmo. Por que ela insiste em passear assim pela calçada? Em qualquer calçada do mundo, eu digo, vazia ou em estado de rush, em estado de rush? Eu me assusto porque é tão forte a imagem de uma mulher calva, uma senhora calva que se veste desse modo, recatada, modesta, o vestido de tecido barato, mesmo que é possível que ela pense, "ninguém vê", "é só uma macrodimensão da minha sóbria monstruosidade refletida no espelho", espirais, espirais, espirais... Eu vejo mesmo a senhora e vejo uma lápide também, os vermes e o mofo a que cheira o seu guarda-roupa escuro e o antimofo que escamoteia a morte e uma série de elementos tristes. É tão óbvia toda esta narrativa, quando tudo acaba e murcha e perde os fios, o viço, o tônus, as sete cores do arco-íris. Ora mais, arco-íris, coitadinha de mim, ora veja só, respeitável público, onde eu fui parar.

Poodle *attack*

Um latido louco ecoa pela avenida Nossa Senhora de Copacabana. O asfalto trinca ao passo do inimigo. Um poodle gigante e encardido invade a vizinhança.

As pessoas não se assustam. Continuam impassíveis pelas calçadas, atravessando sinais, andando de um lado para o outro, regando as samambaias na janela, existindo.

Ele avança por entre as ruas e as enormes patas almofadadas abrem crateras enormes pelo caminho. Alguns caem nos buracos ou morrem pisoteados, e ninguém liga. Os que estão dentro de casa vendo tevê só percebem, pela janela, um assombroso olho úmido e preto. Entediados, fecham as cortinas. Fora de casa, as unhonas empalam afiadas os corações das pessoas. O arfar do cão provoca tufões. O hálito recende a carne moída. A cauda desgovernada fere as quinas dos prédios e arrebenta as vitrinas giratórias de doces, bolos e tortas. Os destroços caem em profusão, no chão. Ninguém liga. O cão passa, vai embora, olha lá a badalhoca!, faz xixi na pedra do Leme e desaparece baía adentro. Ninguém liga, aponta ou grita. Tudo permanece igual.

Prado Júnior, entardecer

Brisa acidental:
Lufada de esgoto, perfume floral.

Querida abóbora

Era uma abóbora tão bonita que a senhora Guga parou perplexa. Nem regateou o preço com o feirante parrudo, meteu-a no saco e levou-a para casa, no colo, como se fosse um bebê. Estendeu a toalha de festa na mesa e nela depositou com carinho e admiração a abóbora mais bonita já vista.

Uma semana passou e a abóbora continuava sobre a mesa de jantar. O tom laranja começou a esmaecer e alguns pontos cinzas surgiram na superfície. A senhora Guga lustrou a abóbora com um paninho úmido, olhou-a com ternura e seguiu impassível a sua rotina tevê, cozinha, banheiro e cama. Outra semana passou e os pontos cinzas pretejaram profundos, rajadas de vermelhos enrugando a casca antes lisa, que murchava como o rosto triste da senhora Guga. Viam-se algumas moscas minúsculas sobrevoando a abóbora.

A senhora Guga espantava os insetos com um leque e acariciava a abóbora, como quem diz: Não se preocupe, querida, está tudo bem. Outra semana passou e o fedor tomou a casa da senhora Guga. Era uma espécie de cheiro de lixo misturado com cheiro de animal morto. Ela não ligou muito, mas comprou um perfume de lavanda para a casa, que acreditou mascarar superficialmente o odor.

Outra semana passou e um chorume sangrou da abóbora. A senhora Guga limpava ao redor do fruto e espantava as moscas com afinco e dedicação. Apesar de tanto investimento, o bolor tomou conta de grande parte da abóbora e a toalha que a guarnecia agora estava toda sarapintada de restos putrefatos.

Outra semana passou e a abóbora figurava murcha sobre a mesa de jantar quando o filho ocupado da senhora Guga veio visitá-la.

"Mamãe, o que é isso? Por que a senhora não joga essa abóbora podre fora? Mamãe, isso pode trazer doenças. Mamãe, a senhora está louca? Mamãe, vou tomar providências imediatamente!" A senhora Guga consentiu calada. Sentia-se culpada, mas não sabia o porquê. Seu filho ocupado fez uma ligação e depois de algumas frases peremptórias desligou o telefone. Duas horas depois, quando o oficial de polícia apareceu — balançando o cassetete e fazendo cara de poucos amigos — e recolheu os restos da abóbora podre num saco preto, a senhora Guga apertou bem os olhos sem entender bem onde estava.

15h42, 11h37

15h42

A Irmã de Caridade Zumbi percorre a avenida Rio Branco dando cambalhotas hábeis. Os torvelinhos brancos mantêm miraculosamente o tecido do hábito intacto, livre das impurezas da sarjeta — embalagens pegajosas de Guaraviton, bitucas de cigarro Charm, prospectos de cartomantes e nacos de fruta-pão.

11h37

Ao lado da elétrica Vesúvio a Irmã de Caridade Zumbi, a *nonna* doce, estapafúrdia e de bigodes grisalhos, adentra a porta giratória, espera batendo o pezinho na fila e saca sessenta mangos do caixa automático do banco. Sai de lá lamentando:

"Tá russo!"

Receita azul

Você é aquela que não é. Eu, porém, sou o que sou.
Deus, para Santa Catarina

Quase perdia a vez de descer. Entrou esbaforida no elevador. Olhou para mim com os olhos secos, trêmulos, domados por alguma coisa do além.

"O doutor Ivan é maravilhoso! Só ele limpa os ouvidos da minha mãe. E ela já tem cem anos!"

Sorri enojada imaginando o chorume de cera da múmia. Olhei para baixo, os pezinhos magros cobertos por meias brancas e sandálias desgastadas.

"O doutor Ivan é maravilhoso, maravilhoso... O doutor Cabral não, o doutor Cabral me cobrou cinquenta reais. Cinquenta reais para passar a receita, minha filha. *Cinquenta* reais!"

Não sei se entediada pela lentidão do elevador que parava indefinidamente, perguntei, simulando envolvimento:

"Receita do quê?"

"A receita, minha filha, a receita azul!", respondeu com rosto de caveira. "Há quarenta anos sou paciente do doutor Cabral e agora ele vem me cobrar cinquenta reais, minha filha! Cinquenta reais uma pinoia!"

Levantou o muque engelhado e os olhos secos me fuzilavam, siderados. Ela se repetia e eu me mantinha calada, com expressão postiça de atenção, narcotizada pela situação e presa naquele elevador que descia, descia, parava e descia, para todo o sempre, sem nunca chegar. Parecia hesitar.

"Ele sabe que não posso, minha filha, não posso. Ele sabe que preciso dormir. Eu preciso dormir, minha filha. E é tudo tão difícil... Nesta idade todos nós precisamos dormir."

Confirmava com a cabeça, desesperada.

"O doutor Ivan não cobrou nada, nada! O doutor Ivan é muito bom."

O elevador enfim parou. As portas se abriram. A luz que vinha da rua me acudiu. Respirei o ar fresco da vida, desejei bom-dia e me despedi.

Self-service cor salmão

(*Por incrível que pareça, deve ser lido ao som de "Hey Jude", instrumental, interpretado, sozinho no palco, em teclado Yamaha.*)
Comia. Eu e o velho à minha frente. A mesa, coberta por uma toalha de plástico repleta de flores azuis, vacilava a cada vez que eu serrava o bife medalhão. Precisava de um calço ou o chão estava mesmo desnivelado, descendo para algum lugar, como um tobogã. À minha frente, o velho. O velho estava ciente de que morreria em poucos dias, talvez meses, de modo que comia devagar. Prato enorme, o do velho. Uma montanha de farináceos, glúten, óleo, proteínas e folhas de louro inteirinhas. Uma massa espessa, uniforme, de uma cor só, cor de cocô. Até que o velho é asseado, pensei. Camisa social bem passada, cabelinho lavado, sapato italiano tinindo, a cor demasiado branca da luz do teto fluorescente lampejava na brilhantina da cabeça do vovô. Velhinhos limpos são agradáveis, pensei de novo. Na televisão pendurada no canto da parede via-se ora a Deborah Secco, ora a Christiane Torloni, ora a Cleo Pires;

todas mudas. O velho assistia atentamente à tevê mastigando devagar.

Eu trinchava o meu bife medalhão rodeado por flores azuis quando súbito me tomou a sede — a mesa pendia para a frente ou para o lado, provocando uma sensação desagradável de tobogã. Moça, psssssiu, moça, vocês têm suco do quê? Natural ou de polpa? Natural, pois não, senhora, temos laranja, mamão, abacaxi, limão e... vou querer um de limão, sem açúcar, com gelo, faz favor.

O velho desviou a atenção da tevê e olhou para a garçonete com o rabo do olho. Chamou a moça e pediu o mesmo, um suco de limão sem açúcar, com gelo, faz favor. Eis que agora éramos cúmplices do mesmo suco. Não é todo mundo que encara, nesta vida absurda, um suco de limão sem açúcar, pensei mais uma vez.

Resolvi puxar um papo com o velhinho, simpatizei com a figura. Relampeava ou era a luz fluorescente, demasiado branca, lá do teto, que falhava de quando em quando? Olá, senhor, com licença, posso sentar ao seu lado?... minha mesa está meio torta e todas as outras estão ocupadas, quer dizer, todas estão vazias, mas o senhor está aí sozinho, então pensei que... sim, claro, minha filha, sente-se, fique à vontade. Abriu um sorriso como se abrisse a porta da própria casa, ou seja, a porta do seu apartamentozinho ali da esquina, escuro, lôbrego e embolorado.

Acabei vendo o que não queria: um emaranhado de cacos de dentes podres, verdes, cinzas, amarelados, sustentados por suportes de metal suspeitos, a língua trêmula e escura de cigarro. Senti nojo e concentrei minha atenção no bife medalhão e na Cleo Pires antes que acabasse vomitando em cima das flores azuis. A sensação de tobogã persistia. Labirinto. Era esse o nome do orgãozinho do ouvido em formato de espiral responsável pela tontura, situado antes ou depois da trompa de Eustáquio? Pois bem, algo bastante desagradável acontecia em meu labirinto ou estávamos todos nós, eu, o velho e a garçonete, descendo, lentamente, para algum lugar. Enquanto recuperava o equilíbrio e a vontade de comer, o velhinho cutucou o meu ombro e sorriu sem graça: Esse tutu está uma delícia, não acha?

    A montanha massuda e uniforme de uma cor só constituída de farináceos, glúten, óleo, proteínas e folhas de louro inteirinhas era tão somente, pura e simplesmente, um belo prato de tutu à mineira. Um simples tutu à mineira que mais tarde seria transformado em cocô pelo intestino grosso, delgado e avelhantado do simpático senhor sentado ao meu lado.

    Nossos sucos chegaram unidos na mesma bandeja; a garçonete, aprovando, servia sorrindo, achando bonitinho o fato de, apesar da diferença acentuada de gerações, vejam só, minha gente, uma menina descabelada e um senhor de idade, penteadinho e limpo, poderem estabelecer, sim, claro que sim, uma conversa saudável num restaurante de família, num self-service cor salmão.

    Eu bem que poderia ser garota de programa e ele um velho babão, do tipo tarado da língua trêmula e preta. Não mudaria em quase nada a composição do quadro. Nós dois conversando, supernaturais, bebendo uma limonada no canudinho, sorrindo como dois cúmplices. Só que debaixo da mesa, coberta de flores azuis, sua mão magricela e enrugada estaria pousada em minha coxa, ao seu bel-prazer.

    Essa Christiane Torloni é uma coisa, não acha? Sim, ela tem muita classe, essa mulher. Essa mulher? Ninguém fala assim, "essa mulher", ele deveria ter dito "essa ilustre dama do teatro nacional" ou coisa do tipo, ou sei lá, eu conjecturava, arrependida de ter iniciado uma conversa com o vovô limpinho. O fato é que não sei conversar com velhos, é difícil selecionar um tema, ou mesmo as palavras; não sei o que dizer nem como dizer. Já ele, o velho, comia o tutu de colher. Lentamente, como um calango. O gogó subia e descia, lentamente, couro de frango. Enfiei o garfo no medalhão, serrei um pedacinho e engoli.

De canudinho na boca, entre um gole e outro do suco, nos entreolhamos. Ele sustentava o olhar, eu fugia para as flores azuis da mesa. "Será que esse velho da língua preta está a fim de me comer?" Não podia, não podia ser. A sensação de tobogã persistia e além da luz branca lá do teto, que falhava de quando em quando, as paredes do lugar pareciam mover-se.

Fugi dos olhos do velho porque nos olhos do velho vi o anúncio da morte, como se ele me dissesse, direta e impiedosamente, sem nem uma palavra sequer — a íris latejando amarelada, o sorriso escuro, lôbrego, embolorado: escuta aqui, menina descabelada, eu vou morrer hoje à noite, amanhã ou depois... e quer saber? Não tenho medo, eu não tenho medo algum... Essa Deborah Secco é bastante vulgar, mas é um piteuzinho, não acha?

Balbuciei um sim, temerosa de que, com isso, aprovasse uma aproximação mais íntima do velho, algo como sua mão magricela pousada em minha coxa. Ao seu bel-prazer. Senti nojo. Por conta disso, desci os olhos e concentrei minha atenção no bife, nas flores e nas minhas coxas ainda livres de mãos enrugadas, quando, súbito, divisei a poça de água amarelada, escorrida pelo chão em filetinho, gotejando pelas barras da calça bem passada do vovô.

Moça, pssssssiu, moça, faz favor, traz um paninho para enxugar aqui o chão... com licença, não sei se o senhor percebeu, mas o senhor urinou nas calças... Urinou? Mas, quem fala "urinou"? O velho mijou mesmo, mijou no maior descaramento, como um bebê recém-nascido, como alguém que fosse morrer hoje à noite, amanhã ou depois. Antes mesmo que a garçonete trouxesse o pano, as paredes tremeram de um jeito esquisito, vivo, como se fossem moles ou feitas de carne. A luz demasiado branca do teto falhava agora com maior frequência, a sensação de tobogã se acentuava cada vez mais, de modo que, quando a moça apareceu munida de detergente numa das mãos e de um rodo na outra, já era quase impossível manter-se em pé no local.

O velho, impassível a tudo o que acontecia, comia o tutu. Esquecido da minha presença e indiferente às calças molhadas, assistia, de olhos atentos, às caras e bocas das ilustres damas do teatro nacional encaixotadas na televisão pendurada no canto da parede viva, da parede de carne. A garçonete olhava para mim, muda, em desespero.

Era o anúncio de um cataclismo incompreensível, repleto de flores azuis. Simplesmente não sabíamos como proceder. Aturdida, eu não sabia o que pedir, a garçonete não sabia o que servir, o velho mijado não tirava a colher do tutu nem os olhos desbotados da tevê.

Pois bem, os frisos da parede viraram estrias. A luz demasiado branca apagou de vez. O chão molhado decididamente descia. Por mais incrível que pareça, ora a Deborah Secco, ora a Christiane Torloni, ora a Cleo Pires ainda permaneciam mudas na tevê.

Minutos depois eu já não sabia onde estava o velho, nem a garçonete, muito menos eu, pois àquela altura já havíamos, todos nós, nos transformado numa massa espessa, uniforme, de uma cor só, pronta para ser dejetada, direta

e impiedosamente, portinhola afora, sem palavra alguma e
sem uma palavra sequer.

Setembro, tempos de virgem

No fundo todo mundo quer a mãe de volta. Aí, quando ela não volta, a gente pede um Campari.

Sonho com Sônia Silk, a fera oxigenada

1. EXT. —— PRAIA DE COPACABANA —— DIA

(*Sônia Silk grita no calçadão, vestindo vermelho e sapato prata.*)

SÔNIA SILK

Esse sistema solar é um lixo! Planetazinho vagabundo! Esse sistema solar é um lixo! Planetazinho metido a besta!

Sweet culos

Bye-bye, mulherada, vou saltar por aqui!

Tanguinha de oncinha enfiada no bumbum

Sentada na cadeira de praia eu olho pro mar. O mar olha pra mim. Uma travesti charmosa olha pra mim. Minhas pernas abertas recebendo o vento dos deuses. Meu coração aberto recebendo o meu celular. O camelô banguela oferece mate, skol gelada, bronzeador e colares de dente de tubarão. Para tudo eu digo não. A flácida ao lado não cala a boca. Não cala a boca. Não cala a boca. A flácida ao lado não cala a boca e balança os peitos que nem Fafá de Belém.

"Ainda vou ter que arrumar os *negócio* pra Janete, menina!"

A travesti charmosa levanta para um mergulho. Grãos de areia pelos ares. Tanguinha de oncinha enfiada no bumbum. Oh, vento dos deuses! Oh, telemar bravio! Oh, maravilha de vida que é a minha! Gargalhando à la Fafá, eu digo sim, *yes*, sim, para tudo eu digo SIM!

Tremoços servidos no prato

À primeira vista pensei em grãos enormes de milho. À medida que conversávamos comíamos distraídos o petisco massudo, sem gosto, mesmo que lá no fim revelasse alguma nota de vinagre e um punhado de massa de modelar — de creche infantil, misturada com poeira e outras cores. Comíamos e ríamos, bebericando cachacinha sem parar. Não foi uma noite tão fria, de modo que não nos abraçamos muito, mas comemos o prato inteiro de tremoços sem saborear.

O triste fim da Senhora Pochete e Tênis Bamba

Para Arthur Braganti

A Irmã de Caridade Zumbi surgia das catacumbas da praça Serzedelo Correia enquanto a Senhora Pochete e Tênis Bamba tocava "Carruagens de fogo" no teclado, numa pequena loja de instrumentos musicais ali pelas redondezas.

A Irmã de Caridade Zumbi conservava o hábito impecavelmente limpo e a privacidade indevassável. Era um mistério coberto por lençóis alvíssimos. Mesmo que houvesse rumores de que mantinha práticas escusas e nada eclesiásticas, nunca ninguém encontrou uma prova sequer. Comenta-se que surgiu algures e que é zumbi e só. Não se sabe bem para onde vai, mas todos os dias ela atravessava a Copacabana com passo firme, olhos petrificados, determinada, como um soldado marchando a caminho da batalha.

A essa altura a Senhora Pochete e Tênis Bamba tremelicava os dedinhos nodosos sobre o teclado do modesto Casio ligado em duas caixas de som. Agora, da loja pro resto do mundo, reverberava a canção "Lili Marleen". As notas soavam molengas e alquebradas. O vendedor, em vias de furar os tímpanos com duas baquetas, pensou que assim bastava, já era tempo, afinal ela havia esgotado a cota diária da "senhorinha lelé que pretende divertir-se um pouco numa loja de instrumentos". Aquele réquiem cômico, aquela melodia mórbida, além de provocar-lhe ondas de calafrios e possivelmente ressuscitar os mortos, estava afugentando a clientela.

Enxotada com tapinhas nas costas, a Senhora Pochete e Tênis Bamba dobrou a esquina e qual não foi o baita susto que levou ao deparar com a *nonna*, a freira, a fantasma, a zumbi da fuça lívida que vestia um chapéu peculiar e de dimensões agigantandas, como se uma nuvem cúmulo-nimbo plainasse por sobre sua pessoa ou um pelicano tivesse nidificado no alto de sua cabeça.

O fato é que todos os passantes foram cúmplices da trágica e inexplicável cena, quando, depois de se esbarrarem indo em sentidos opostos, a Senhora Pochete e Tênis Bamba ficou subitamente paralisada diante da assustadora Irmã de Caridade Zumbi e tombou mortinha no meio-fio.

Indiferente, a Irmã de Caridade Zumbi nada fez e seguiu satisfeita com o passo firme e a barriga cheia depois de ter engolido a alma de mais uma presa.

O verdadeiro amor

Eis o projeto da nossa vida: todo exposto no Power-Point, operacionalizado em gráficos, registros, números e cifras. Quando estou em pé, pescoço esticado, rosto pra cima, teu rosto, virado pra baixo, alcança tão fácil a minha boca pequena e untada de gloss. Tua mão enlaçando minha cinturinha de pilão, teu cabelo de vilão e eu sou tua mocinha. A gente faz o tipo de casal que trabalha junto, se entende na cama e no escritório. Quando há briga, a conversa é em tom baixo e compreensivo, jamais um vizinho escutou gritaria... A gente malha na academia, meu Nike é 34, o teu, 41, curso de informática, viagens de cruzeiro a Cancun e às praias da Bahia. Até paramos de fumar juntos, meu amor! Viva Fátima Bernardes & William Bonner, John & Yoko, Chiquinho & Carola Scarpa, só a gente e mais ninguém, Evandro, meu bem, sabe do verdadeiro amor!

Zigue-zague na Via Láctea

No conversível, Norma Bengell ajeita o cabelo impassível: "Pr'onde é que cê vai?".
Mão no volante, Jece Valadão morde o cigarro confiante: "Copacabana."

ESTA OBRA FOI COMPOSTA PELA SPRESS EM MERIDIEN E IMPRESSA
EM OFSETE PELA GRÁFICA PAYM SOBRE PAPEL PÓLEN NATURAL
DA SUZANO S.A. PARA A EDITORA SCHWARCZ EM MARÇO DE 2024

A marca FSC® é a garantia de que a madeira utilizada na fabricação do papel deste livro provém de florestas que foram gerenciadas de maneira ambientalmente correta, socialmente justa e economicamente viável, além de outras fontes de origem controlada.